W0469498

Mitch Albom

Der Fremde aus dem Meer
oder
Die Macht des Glaubens

Mitch Albom

Der Fremde aus dem Meer

oder

Die Macht des Glaubens

Roman

Aus dem Amerikanischen
von Jochen Winter

allegria

Wir verpflichten uns zu Nachhaltigkeit

- Klimaneutrales Produkt
- Papiere aus nachhaltiger Waldwirtschaft und anderen kontrollierten Quellen
- ullstein.de/nachhaltigkeit

Die Originalausgabe erschien 2022 unter dem Titel *The Stranger in the Lifeboat* bei Harper/ Harper-Collins Publishers, NY, USA.

MIX
Papier
FSC FSC® C014496

Allegria ist ein Verlag der
Ullstein Buchverlage GmbH

ISBN 978-3-7934-2446-8

© der deutschen Ausgabe Ullstein
Buchverlage GmbH, Berlin 2023
© der Originalausgabe 2022 ASOP INC
Übersetzung: Jochen Winter
Redaktion: Barbara Krause
Gesetzt aus der Stempel Garamond
Satz: LVD GmbH, Berlin
Druck und Bindung: GGP Media GmbH, Pößneck

Für Janine, Trisha und Connie,
die mir Tag für Tag die verblüffende Macht
des Glaubens vor Augen führen.

EINS

Meer

Als wir ihn aus dem Wasser zogen, hatte er keine Schramme. Das war das Erste, was mir auffiel. Wir anderen waren übersät mit Schnittwunden und Blutergüssen, doch er schien unversehrt – mit glatter mandelfarbener Haut und dichtem schwarzem Haar, verfilzt durch das Meerwasser. Sein Oberkörper war nackt, nicht besonders muskulös, der Mann vielleicht zwanzig Jahre alt, die Augen blassblau, von der Farbe, wie man sich im Traum das Meer von einem tropischen Ferienparadies vorstellt – nicht mit solch endlosen grauen Wellen, wie sie das überfüllte Rettungsboot umspülen und uns wie ein offenes Grab erwarten. Verzeih mir eine derartige Verzweiflung, meine Liebe. Seit dem Untergang der *Galaxy* sind drei Tage vergangen. Niemand hat sich auf die Suche nach uns gemacht. Ich bemühe mich, zuversichtlich zu bleiben, an die baldige Rettung zu glauben, aber uns bleiben nur noch wenig Nahrung und Wasser.

Haie wurden bereits gesichtet. In den Augen vieler Insassen an Bord sehe ich, dass sie aufgegeben haben. Zu oft schon wurden die Worte geäußert: *Wir werden sterben.*

Für den Fall, dass dies geschieht und tatsächlich mein Ende bedeutet, schreibe ich dir, Annabelle, auf den Seiten meines Notizbuchs – in der Hoffnung, du wirst sie irgendwie zu lesen bekommen, wenn ich tot bin. Ich muss dir unbedingt etwas mitteilen, und die Welt soll es ebenso erfahren.

Ich könnte mit der Frage beginnen, warum ich an jenem Abend auf der *Galaxy* war, oder mit Dobbys Plan oder meinem tiefen Schuldgefühl bei der Explosion der Jacht, obwohl ich nicht genau weiß, wie es dazu kam. Doch vorläufig muss die Geschichte mit dem Morgen beginnen, da wir den jungen Fremden aus dem Meer zogen. Er trug keine Schwimmweste, noch hielt er sich an irgendeinem Treibgut fest, als wir ihn entdeckten, auf und ab schaukelnd zwischen den Wellen. Wir ließen ihn Atem holen und stellten uns dann nacheinander vor, jeder von seinem Platz im Boot aus.

Lambert, der Chef, erhob als Erster die Stimme und sagte: »Jason Lambert. Ich war der Besitzer der *Galaxy.*« Anschließend meldete sich Nevin, der groß gewachsene Brite, der sich entschuldigte, zur angemessenen Begrüßung nicht aufstehen zu können, weil er sich bei der Flucht vom sinkenden Schiff das Bein aufgeschlitzt hatte. Geri wiederum nickte nur und wickelte die Leine auf, die sie benutzt hatte, um den Mann zu bergen. Yannis bot einen schwachen Handschlag an. Nina murmelte: »Hallo.« Mrs Laghari, die Frau aus Indien, sagte nichts, schien dem Neuankömmling nicht zu trauen. Jean Philippe, der haitianische Koch, lächelte und meinte: »Willkommen, Bruder«, ohne jedoch die Hand von der Schulter seiner schlafenden Frau Bernadette zu nehmen, die durch die Explosion verletzt worden war – schwer verletzt, vermute ich. Das kleine Mädchen, von uns »Alice« genannt, das noch kein Wort gesprochen hat, seit wir es an einen Liegestuhl geklammert im Meer fanden, blieb weiterhin still.

Ich war zuletzt an der Reihe. »Benji«, sagte ich. »Ich heiße Benji.« Aus irgendeinem Grund klang meine Stimme belegt.

Wir warteten auf eine Reaktion des Fremden, aber er betrachtete uns nur mit seinen Rehaugen. Lambert erklärte: »Wahrscheinlich steht er unter Schock.« Nevin rief: »WIE LANG WARST DU DENN IM WASSER?«, vielleicht in der Annahme, eine laute Stimme würde ihn zur Besinnung bringen. Als er keine Antwort gab, berührte Nina seine Schulter und sagte: »Nun, dem Herrn sei Dank, dass wir dich gefunden haben.«

In dem Moment ergriff der Mann endlich das Wort.

»Ich *bin* der Herr«, flüsterte er.

Land

Der Inspektor drückte die Zigarette aus. Sein Stuhl knarrte. Es war schon heiß an diesem Morgen auf Montserrat, und sein gestärktes weißes Hemd klebte am verschwitzten Rücken. Die Schläfen pochten vor Kopfschmerzen infolge eines Katers. Er starrte auf den hageren, bärtigen Mann, der ihn bei der Ankunft auf dem Polizeirevier erwartet hatte.

»Fangen wir noch mal an«, sagte der Inspektor.

Es war Sonntag. Als der Anruf kam, lag er noch im Bett. *Da ist ein Mann. Er sagt, er habe ein Rettungsboot von dieser amerikanischen Jacht entdeckt, die explodiert ist.* Der Inspektor sprach leise einen Fluch aus. Seine Frau Patrice seufzte und drehte sich in ihrem Bett um.

»Wann bist du letzte Nacht nach Hause gekommen?«, murmelte sie.

»Spät.«

»Wie spät?«

Ohne ihr zu antworten, schlüpfte er in seine Kleidung, bereitete einen Instantkaffee zu, goss ihn in einen Styroporbecher und trat beim Verlassen des Hauses gegen den Türrahmen. Der große Zeh schmerzte noch immer.

»Mein Name ist Jarty LeFleur«, sagte er jetzt und taxierte den Mann gegenüber am Schreibtisch. »Ich bin der Oberinspektor der Insel. Und Ihr Name ist ...?«

»Rom, Inspektor.«

»Haben Sie auch einen Familiennamen, Rom?«

»Ja, Inspektor.«

LeFleur seufzte. »Und der wäre?«

»Rosh, Inspektor.«

LeFleur notierte ihn und zündete eine weitere Zigarette an. Er rieb sich die Schläfen. Er brauchte Aspirin.

»Sie haben also ein Rettungsboot entdeckt, Rom?«

»Ja, Inspektor.«

»Wo?«

»Marguerita Bay.«

»Wann?«

»Gestern.«

LeFleur hob den Blick und sah, wie der Mann ein Schreibtischfoto von ihm und seiner Frau betrachtete, auf dem sie beide ihre junge Tochter in einem Strandtuch hin und her schwenkten.

»Ist das Ihre Familie?«, fragte Rom.

»Schauen Sie nicht dorthin«, schnauzte LeFleur.

»Schauen Sie mich an. Dieses Rettungsboot. Woher haben Sie gewusst, dass es von der *Galaxy* stammt?«

»Der Name stand auf der Innenseite.«

»Und Sie haben es einfach so gefunden, an den Strand gespült?«

»Ja, Inspektor.«

»Niemand mit dabei?«

»Nein, Inspektor.«

LeFleur schwitzte. Er rückte den Tischventilator näher an sich heran. Die Geschichte klang glaubwürdig. Alle Arten von Dingen wurden an die Nordküste geschwemmt: Koffer, Fallschirme, Arzneimittel, Fischernetze, die in die Strömungen gelangten und über den Nordatlantik trieben. Nichts war zu sonderbar, um mit dem Gang der Gezeiten das Festland zu erreichen. Aber ein Rettungsboot von der *Galaxy*? Das wäre ein wichtiges Ereignis. Die riesige Luxusjacht war vergangenes Jahr fünfzig Meilen von Kap Verde vor der westafrikanischen Küste gesunken. Die Nachricht ging um die Welt, hauptsächlich wegen all der reichen und berühmten Leute an Bord. Keine dieser Personen wurde je gefunden.

LeFleur schaukelte vor und zurück. *Dieses Rettungsboot hatte sich nicht von selbst aufgeblasen.* Vielleicht war den Behörden ein Irrtum unterlaufen. Womöglich hatte jemand die Tragödie der *Galaxy* überlebt, wenigstens kurzzeitig.

»Gut, Rom«, sagte er und drückte seine Zigarette aus. »Gehen wir und schauen uns die Sache mal an.«

Meer

»Ich *bin* der Herr.«

Was erwiderst du darauf, meine Liebe? Unter normalen Umständen lachst du vielleicht oder machst eine witzige Bemerkung. *Du bist der Herr? Gib einen aus.* Doch allein auf hoher See, durstig und verzweifelt, hat es mich offen gestanden genervt.

»Was hat er gerade gesagt?«, flüsterte Nina.

»Er sagte, er sei der *Herr*«, spottete Lambert.

»Hast du auch einen Vornamen, *Herr*?«, fragte Yannis.

»Ich habe viele Namen«, antwortete der Fremde. Seine Stimme war ruhig, zugleich aber belegt, fast heiser.

»Und du bist drei Tage lang im Meer geschwommen?«, warf Mrs Laghari ein. »Das ist unmöglich.«

»Sie hat recht«, bestätigte Geri. »Die Temperatur des Wassers beträgt knapp zwanzig Grad. Darin kann keiner drei Tage lang überleben.«

Geri ist die erfahrenste »Seemännin« unter uns. In jüngeren Jahren war sie olympische Schwimmerin und beherrscht diesen Befehlston – selbstsicher, kurz angebunden, unduldsam gegenüber dummen Fragen –, dem die Leute Beachtung schenken.

»BIST DU IN SO EINER ART NUSSSCHALE GETRIEBEN?«, rief Nevin.

»Um Gottes willen, Nevin«, mahnte Yannis, »er ist nicht schwerhörig.«

Der Fremde betrachtete Yannis, als der »um Gottes willen« rief und sogleich den Mund schloss, als wollte er die Worte wieder zurücknehmen.

»Wie lautet Ihre wahre Geschichte, mein Herr?«, fragte Lambert.

»Ich bin da«, erwiderte der Fremde.

»*Warum* bist du da?«, hakte Nina nach.

»Habt ihr mich nicht gerufen?«

Wir warfen einander Blicke zu. Wir sind ein erbärmlich aussehender Haufen, unsere Gesichter von der Sonne verbrannt, die Kleidung durch Salzwasser verkrustet. Wir können nicht völlig aufrecht stehen, ohne auf jemanden zu stürzen, und der Boden riecht nach Gummi, Klebstoff und Erbrochenem, nachdem manche sich übergeben mussten. Es stimmt, irgendwann haben die meisten von uns, an jenem ersten Abend wild in den Wellen zappelnd oder in den folgenden Tagen auf den leeren Horizont starrend, um göttliches Eingreifen gefleht:

»Bitte, Herr! … Hilf uns, Gott!« Ist es das, was der

Neuankömmling meinte? Habt ihr mich nicht gerufen?

Wie du weißt, Annabelle, habe ich in meinem Leben oft mit dem Glauben gekämpft. Wie viele irische Kinder war ich ein pflichtbewusster Ministrant, aber die Kirche und ich sind schon vor Jahren getrennte Wege gegangen. Was ist mit meiner Mutter geschehen? Was ist dir widerfahren? Zu viele Enttäuschungen. Nicht genügend Trost. Dennoch war es mir nie eine Überlegung wert, was ich tun würde, wenn ich nach dem Herrn riefe und er tatsächlich vor mir erschiene.

»Ist ein wenig Wasser übrig, das ihr teilen könnt?«, fragte der Mann.

»Gott ist durstig?«, erwiderte Lambert lachend. »Großartig. Sonst noch einen Wunsch?«

»Vielleicht etwas zu essen?«

»Das ist albern«, murmelte Mrs Laghari. »Offensichtlich treibt er sein Spiel mit uns.«

»Nein!«, schrie Nina plötzlich und verzog das Gesicht wie ein abgewiesenes Kind. »Lasst ihn reden.« Sie bahnte sich einen Weg zu dem Mann. »Bist du da, um uns zu retten?«

Seine Stimme wurde weicher. »Das kann ich nur dann tun«, antwortete er, »wenn jeder hier glaubt, dass ich bin, der ich meinen Worten nach bin.«

Niemand rührte sich. Man konnte die Wellen an die Bootsseiten schlagen hören. Schließlich musterte Geri, die für solche Gespräche zu praktisch veranlagt war, die Gruppe wie eine verärgerte Schullehrerin.

»Nun, Kamerad«, erklärte sie, »gib uns Bescheid, sobald das der Fall ist. Bis dahin teilen wir unsere Essensrationen lieber ein.«

Nachrichten

REPORTERIN: *Hier ist Valerie Cortez an Bord der* Galaxy, *der imposanten Jacht im Besitz von Jason Lambert. Der milliardenschwere Geschäftsmann hat einige der größten Persönlichkeiten weltweit für ein einwöchiges Abenteuer versammelt, und er steht jetzt neben mir. – Hallo, Jason.*

LAMBERT: *Willkommen, Valerie.*

REPORTERIN: *Sie haben diese opulente Veranstaltung »Die Großartige Idee« genannt. Warum?*

LAMBERT: *Weil jeder auf diesem Schiff etwas Großartiges geleistet hat, um seine Branche, sein Land, vielleicht sogar den ganzen Planeten zu prägen. Wir haben herausragende Führungskräfte aus Technologie, Wirtschaft, Politik und Unterhaltung dabei. Das sind Leute mit großen Ideen.*

REPORTERIN: *Entscheidungsträger und Macher wie Sie selbst.*

LAMBERT: *Nun ja. Ha! Weiß nicht so recht.*

REPORTERIN: *Und zu welchem Zweck haben Sie diese Berühmtheiten zusammengebracht?*

LAMBERT: *Valerie, das ist eine 200-Millionen-Dollar-Jacht. Ich denke, wir können hier eine angenehme Zeit miteinander verbringen!*

REPORTERIN: *Zweifellos!*

LAMBERT: *Nein. Ernsthaft. Einfallsreiche Menschen müssen in der Gesellschaft von anderen einfallsreichen Menschen sein. Sie beflügeln sich gegenseitig, um die Welt zu verändern.*

REPORTERIN: *Also ist Ihr Event so etwas wie das Weltwirtschaftsforum in Davos?*

LAMBERT: *Genau. Aber eine amüsantere Version – auf dem Wasser.*

REPORTERIN: *Und Sie hoffen, dass dieser Ausflug viele geniale Ideen zutage fördern wird?*

LAMBERT: *Sowohl das als auch ein paar erstklassige Kater.*

REPORTERIN: *Haben Sie »Kater« gesagt?*

LAMBERT: *Was ist das Leben ohne Party, Valerie? Hab ich nicht recht?*

Meer

Lambert übergibt sich. Er ist auf den Knien, würgt, während er sich über den Bootsrand lehnt. Sein dicker, am Nabel behaarter Bauch ragt unter dem T-Shirt hervor. Ein paar erbrochene Brocken wehen ihm ins Gesicht, und er stöhnt.

Es ist Abend, das Meer bewegt. Andere litten ebenfalls an Übelkeit. Die Winde sind heftig. Vielleicht wird es regnen. Seit dem Untergang der *Galaxy* hatten wir keinen Regen.

Rückblickend betrachtet, waren wir an jenem ersten Morgen noch hoffnungsvoll – schockiert von den Ereignissen, zugleich aber dankbar, überlebt zu haben. Wir zehn drängten uns im Rettungsboot zusammen. Wir sprachen über die Möglichkeit, dass Rettungsflugzeuge auftauchen könnten, und suchten mit den Augen den Horizont nach ihnen ab.

»Wer hier hat Kinder?«, fragte Mrs Laghari unvermittelt, als würde sie zum Zeitvertreib ein Spiel beginnen. »Ich selbst habe zwei. Die sind inzwischen erwachsen.«

»Drei«, warf Nevin ein.

»Fünf«, sagte Lambert. »Hab dich geschlagen.«

»Aber wie viele Ehefrauen?«, bohrte Nevin nach.

»Das war nicht die Frage«, erwiderte Lambert.

»Ich war zu beschäftigt«, beteuerte Yannis.

»Noch zu früh für mich«, erklärte Nina.

»Hast du einen Mann?«, wollte Mrs Laghari wissen.

»Brauch ich einen?«

Mrs Laghari lachte. »Nun, ich kam nicht ohne aus. Jedenfalls wirst du in dieser Hinsicht keine Probleme haben.«

»Wir haben vier Söhne«, vermeldete Jean Philippe. Seine Hand ruhte noch immer auf der Schulter seiner schlafenden Frau. »Bernadette und ich. Vier gute Jungs.« Er wandte sich mir zu. »Und du, Benji?«

»Keine Kinder, Jean Philippe.«

»Hast du eine Frau?«

Ich zögerte.

»Ja.«

»Na, dann kannst du ja gleich anfangen, sobald wir wieder zu Hause sind!«

Er ließ ein breites Lächeln aufblitzen, während die Gruppe ein wenig kicherte. Im Lauf des Tages brandeten die Wellen noch höher, und nun wurden wir alle seekrank. Bis zum Abend war die Stimmung umgeschlagen. Es schien, als wären wir schon eine Woche auf offener See gewesen. Ich erinnere mich, wie ich die kleine Alice in Ninas Schoß schlummern sah, ihr Gesicht tränenüberströmt. Mrs Laghari ergriff Ninas Hand, als sie jammerte: »Und was, wenn sie uns nicht finden *können*?«

Ja, was dann? Ohne Kompass hat Geri versucht, unseren Kurs anhand der Sterne zu bestimmen. Sie meint, wir bewegen uns in südwestlicher Richtung, weg von Kap Verde und weiter hinaus auf den weiten, leeren Atlantik. Das ist nicht gut. Unterdessen verbringen wir zum Schutz vor der direkten Sonneneinstrahlung etliche Stunden eng beisammen unter einem aufgespannten Verdeck, dessen Schatten mehr als die Hälfte des Bootes ausfüllt. Entblößt, verschwitzt und übel riechend, müssen wir nur wenige Zentimeter voneinander getrennt dasitzen. Ganz anders als auf der *Galaxy*, selbst wenn dort einige von uns Gäste waren, andere wiederum Angestellte. Hier sind wir alle gleich. Halb nackt und verängstigt.

Die Großartige Idee – also die Reise, die uns zusammengeführt hatte – war Lamberts Einfall. Er erklärte den Teilnehmern, sie seien vor Ort, um die Welt zu verändern. Daran habe ich nie geglaubt. Die Größe der Jacht, deren zahlreiche Decks. Der Swimmingpool, das Fitnessstudio, der Ballsaal. All das sollte in Erinnerung bleiben. Was Angestellte wie Nina, Bernadette, Jean Philippe und mich betrifft, so waren wir nur zum Bedienen an Bord. Nun habe ich fünf Monate unter Jason Lambert geschuftet und mich noch nie so unsichtbar gefühlt. Dem Personal auf der *Galaxy* ist es streng untersagt, mit den Gästen Augenkontakt herzustellen oder in ihrer Gegenwart zu essen. Unterdessen macht Lambert, was er will, eilt in die Küche, greift mit den Fingern in die Speisen und stopft sich den Mund voll, während die Beschäftigten den Kopf senken. Alles an ihm trägt Maßlosigkeit zur Schau – von seinen protzigen Ringen bis zum fetten Bauch. Ich kann verstehen, warum Dobby ihm den Tod wünschte.

~

Ich wende mich ab von Lamberts Brechanfällen und mustere den Neuankömmling, der mit leicht geöffnetem Mund außerhalb des Verdecks schläft. Für einen Mann, der behauptet, der Allmächtige zu sein, ist er nicht sonderlich beeindruckend. Seine Augenbrauen sind dick, die Wangen schlaff, er hat ein breites Kinn und kleine Ohren, teilweise bedeckt von diesem dunklen Haarschopf. Dennoch gebe ich zu, dass ich einen Schauer verspürte, als er gestern jene Worte aussprach: *Ich bin da … Habt ihr nicht nach mir gerufen?* Doch als Geri später Päckchen mit Erdnussbutter-Crackern verteilte, riss er die Plastikhülle auf und verschlang den Inhalt so schnell, dass ich glaubte, er würde ersticken. Ich bezweifle, dass Gott je derart Hunger bekommen würde. Gewiss nicht auf Erdnussbutter-Cracker.

Immerhin hat er uns kurzzeitig auf andere Gedanken gebracht. Vorher, als er schlief, waren wir zusammengerückt, um flüsternd unsere Theorien kundzutun.

»Meint ihr, er redet wirres Zeug?«

»Natürlich! Offenbar hat er sich irgendwo den Kopf angeschlagen.«

»Unmöglich, dass er drei Tage im Wasser schwimmend überlebt hat.«

»Wie lange ist ein Mensch dazu fähig?«

»Ich hab von einem Typen gelesen, der achtundzwanzig Stunden durchhielt.«

»Das sind immer noch keine drei Tage.«

»Hält er sich wirklich für *Gott*?«

»Er trug keine Rettungsweste!«

»Vielleicht kam er von einem anderen Schiff.«

»Ein anderes Schiff hätten wir gesehen.«

Schließlich ergriff Nina das Wort. Sie war die Hairstylistin auf der *Galaxy* und stammte aus Äthiopien. Mit ihren hohen Wangenknochen und fließenden dunklen Locken bewahrt sie hier mitten auf dem Meer noch immer eine gewisse Eleganz.

»Hat irgendjemand die unwahrscheinlichste Erklärung in Betracht gezogen?«, fragte sie.

»Und die wäre?«, erwiderte Yannis.

»Dass er die Wahrheit sagt? Dass er in der Stunde unserer Not gekommen ist?«

Blicke huschten von einem zum anderen. Dann brach Lambert in ein schrilles, verächtliches Gelächter aus.

»Oh ja!«, gluckste er. »So stellen wir uns alle Gott vor. Wie Seetang durchs Wasser treibend, bis man ihn ins Boot zieht. Hört doch auf! Habt ihr ihn euch mal genau angeschaut? Er sieht aus wie ein Kind von der Insel, das von seinem Surfbrett gefallen ist.«

Wir verlagerten die Beine. Danach sagte niemand mehr viel. Ich spähte hinauf zum bleichen Mond, der groß im Himmel hing. Halten es einige von uns für möglich, dass dieser seltsame Neuankömmling tatsächlich der menschgewordene Herr ist?

Ich kann nur für mich sprechen.

Nein, ich nicht.

Land

LeFleur fuhr den Mann namens Rom zur Nordküste der Insel. Er versuchte, ein Gespräch in Gang zu bringen, aber Rom erwiderte nur Höflichkeitsformeln: »Ja, Inspektor« und »Nein, Inspektor«. LeFleur schielte nach dem Handschuhfach, in dem er einen kleinen Flachmann mit Whisky aufbewahrte.

»Sie leben oben bei St. John's?«, fragte er. Rom nickte ein wenig.

»Wohin gehen Sie, um abzuhängen?« Rom sah ihn verständnislos an.

»Abhängen? Faulenzen? Herumlungern?«

Keine Antwort. Sie passierten ein Rumgeschäft und ein mit Brettern vernageltes Disco-Café, dessen türkisfarbene Fensterläden lose aus den Angeln hingen.

»Was ist mit Surfen? Gehen Sie überhaupt surfen? Bransby Point? Trants Bay?«

»Ich mache mir nicht viel aus dem Meer.«

»Kommen Sie, Mann«, entgegnete LeFleur lachend. »Sie leben auf einer Insel!«

Rom schaute ungerührt geradeaus. Der Inspektor gab auf. Er griff nach einer weiteren Zigarette. Durch sein heruntergelassenes Fenster blickte er zurück auf die Berge.

Vierundzwanzig Jahre zuvor war Soufrière Hills, der Vulkan auf Montserrat, nach Jahrhunderten der Inaktivität ausgebrochen und hatte den gesamten südlichen Teil der Insel unter Schlamm und Asche begraben. Die Hauptstadt wurde zerstört, der Flughafen unter Lava begraben. Im Nu hatte sich die einheimische Wirtschaft in dunklem Rauch aufgelöst. Innerhalb eines Jahres flohen zwei Drittel der Bevölkerung von der Insel, die meisten nach England, wo ihnen aufgrund des Notfalls die Staatsbürgerschaft zuerkannt wurde. Der südliche Teil blieb bis in die Gegenwart unbewohnt, eine mit Asche bedeckte »Sperrzone« aus verlassenen Ortschaften und Villen.

LeFleur betrachtete kurz seinen Beifahrer, der entnervend auf den Türgriff klopfte. Er dachte daran, Patrice anzurufen und sich für seinen plötzlichen Aufbruch am Morgen zu entschuldigen. Stattdessen bewegte er den Arm an Roms Brust vorbei, murmelte »Verzeihung!«, öffnete das Handschuhfach und nahm den Flachmann heraus.

»Wollen Sie was davon?«, fragte er.

»Nein, danke, Inspektor.«

»Sie trinken nicht?«

»Nicht mehr.«

»Wie das?«

»Ich habe getrunken, um ein paar Dinge zu vergessen.«

»Und?«

»Ich habe mich weiter an sie erinnert.«

LeFleur hielt inne und nahm dann einen Schluck. Den Rest der Fahrt verbrachten sie schweigend.

Meer

Liebe Annabelle,

der »Herr« hat uns nicht gerettet. Er hat kein Wunder vollbracht. Er hat wenig getan und noch weniger gesagt. Anscheinend wird er nur ein weiterer Mensch sein, der mit Essen versorgt werden muss, ein weiterer Körper, dem man Platz macht.

Wind und Wellen sind heute wieder stärker geworden, also drängten wir alle uns unter dem Verdeck zusammen, um Schutz zu suchen, Ellbogen an Ellbogen gedrückt, Knie an Knie. Ich saß zwischen Mrs Laghari und dem Neuankömmling. Bisweilen streifte ich seine nackte Haut. Sie fühlte sich nicht anders an als meine.

»Komm schon, *Herr*, sag uns die Wahrheit«, rief Lambert und deutete auf den Mann. »Wie bist du auf mein Schiff gekommen?«

»Ich war nie auf deinem Schiff«, erwiderte er.

»Wie bist du dann ins Meer gestürzt?«, wollte Geri wissen.

»Ich bin nicht gestürzt.«

»Was hast du im Wasser gemacht?«

»Zu euch kommen.«

Wir schauten uns an.

»Lass mich das klarstellen«, sagte Yannis. »Gott hat beschlossen, vom Himmel zu fallen, zu diesem Rettungsboot zu schwimmen und ein Gespräch mit uns zu beginnen?«

»Ich spreche die ganze Zeit zu euch«, erklärte er. »Ich bin hierhergekommen, um zu lauschen.«

»Zu lauschen worauf?«, fragte ich.

»Es reicht!«, unterbrach Lambert. »Wenn du so viel weißt, dann erzähl mir, was mit meiner *verdammten Jacht* passiert ist!«

Der Mann lächelte. »Warum macht dich das wütend?«

»Ich habe mein Boot verloren!«

»Du bist in einem anderen.«

»Das ist nicht dasselbe!«

»Stimmt«, entgegnete der Mann. »Dieses hier ist aber immer noch seetüchtig.«

Yannis kicherte. Lambert starrte ihn erbost an.

»Was denn?«, sagte Yannis. »Ist doch komisch.«

Mrs Laghari stieß ungeduldig den Atem aus. »Können wir mit diesem Unsinn aufhören? Wo sind die Flugzeuge? Die uns retten werden? Sag uns das, und ich werde auf der Stelle zu dir beten.«

Wir warteten auf eine Antwort. Aber der Mann saß nur stumm da, ohne Hemd, grinsend. Die Stimmung verdüsterte sich wieder. Mrs Laghari hatte uns daran erinnert, dass wir ungeachtet der seltsamen Ablenkung durch den Neuankömmling nach wie vor hoffnungslos verloren waren.

»Niemand betet zu ihm«, murrte Lambert.

Nachrichten

REPORTERIN: *Hier ist Valerie Cortez an Bord der Jacht* Galaxy, *die dem Milliardär und Investor Jason Lambert gehört. Wie Sie sehen können, regnet es, daher habe ich mich nach drinnen zurückgezogen. Aber das enorme Vergnügen geht weiter an diesem fünften und letzten Abend der Veranstaltung unter dem Titel* Die Großartige Idee.

MODERATOR: *Was hat heute stattgefunden, Valerie?*

REPORTERIN: *Heute wurden die Teilnehmer zu Diskussionsgruppen eingeladen, geleitet von einem früheren US-Präsidenten, dem Entwickler des ersten Elektroautos und den Gründern der drei größten Computer-Suchmaschinen der Welt, die überhaupt zum ersten Mal gemeinsam auf der gleichen Bühne waren.*

MODERATOR: *Was ist das für eine Musik im Hintergrund?*

REPORTERIN: *Nun, Jim, ich habe wohl schon erwähnt, dass diese Jacht über einen Hubschrauberlandeplatz verfügt. Die ganze Woche hat man Leute hin und her transportiert. Vor ein paar Stunden wurde die bekannte Rockband* Fashion X *für ein Konzert eingeflogen. Sie können sie im Ballsaal hinter mir hören. Ich glaube, das ist ihr großer Hit »Coming Down«.*

MODERATOR: *Wow. Wirklich beeindruckend.*

REPORTERIN: *In der Tat. Und sobald sie zu Ende gespielt haben, gibt es –*

(Ein lautes Geräusch. Das Bild wackelt.)

MODERATOR: *Valerie, was war das?*

REPORTERIN: *Keine Ahnung! Warten Sie einen Moment –*

(Ein weiteres lautes Geräusch. Sie fällt um.)

REPORTERIN: *Oh, mein Gott! … Weiß irgendjemand, was das –*

MODERATOR: *Valerie?*

REPORTERIN: *Irgendetwas hat uns gerade getroffen …* (Rauschen) *… klang wie …* (Rauschen) *… schaue, wo …*

(Noch ein lautes Geräusch, dann ist die Bildübertragung unterbrochen.)

MODERATOR: *Valerie? Valerie, können Sie mich noch hören? … Valerie? … Wir scheinen die Verbindung verloren zu haben. Es gab ein lautes Geräusch, mehrere, wie Sie hörten. Wir wollen keine Vermutungen anstellen. Aber im Moment sind wir außerstande … Hallo? … Valerie? … Sind Sie da? …*

Land

Als sein Jeep den Aussichtspunkt erreichte, stellte LeFleur den Motor ab. Er hatte die örtlichen Behörden aufgefordert, den Bereich abzusperren, und war erleichtert, entlang des Gehwegs ein gelbes Flatterband zu sehen.

»Nun denn«, sagte er zu Rom. »Schauen wir mal, was Sie entdeckt haben.«

Sie stiegen über das Band und schlugen den abwärts führenden Weg ein. Marguerita Bay ist ein Gebiet mit felsigen grünen Hügeln, die in zerklüfteten weißlichen Hängen zum Meer abfallen, die Küste und den schmalen Sandstrand rahmen. Es gibt mehrere Wege, um dorthin zu gelangen, aber nicht im Auto, sondern nur zu Fuß.

Sobald sie ebenen Boden betraten und sich dem Fundort näherten, verlangsamte Rom seinen Schritt und überließ LeFleur den Vortritt. Er spürte, wie der Sand unter den Arbeitsschuhen nachgab. Ein paar

Meter noch um eine niedrige Felsformation und … Da war es: ein großes, halb aufgeblasenes, schmutzig orangefarbenes Rettungsboot, das in der Mittagssonne trocknete.

LeFleur fühlte einen Schauder. Das Wrack eines Wasserfahrzeugs – ob Boot, Schiff, Rettungsboot oder Jacht – bedeutete einen weiteren verlorenen Kampf zwischen Mensch und Meer. In ihren Überresten verbargen sich Geschichten. Schauergeschichten. LeFleur hatte in seinem Leben schon genügend davon erfahren.

Er lehnte sich vornüber, um die Ränder des Bootes zu untersuchen. Durch tiefe Schlitze war die Luft aus dem unteren Schlauchmaterial entwichen. *Haie hätten das tun können*, dachte er. Das Verdeck war weggerissen worden, aus dessen Befestigung am Rahmen hingen nur noch zerfranste Reste. Auf dem orangefarbenen Gummi standen die inzwischen verblassten Worte »KAPAZITÄT 15 PERSONEN«. Die innere Bodenfläche war geräumig, maß etwa vier auf fünf Meter. Nun füllten Sand und Seetang sie aus. Winzige Krebse bewegten sich durch das dichte Gewirr. Sein Blick folgte einem von ihnen, wie er an der Aufschrift »EIGENTUM DER GALAXY« vorbeikroch bis zur vorderen Kante. Diese war an einer Stelle ein wenig nach vorn gewölbt, so als wäre in der Wulst etwas verborgen. Er berührte die Gummihaut und zog die Hand rasch wieder zurück. LeFleur spürte, wie sein Puls sich beschleunigte. Er kannte das Protokoll: *Vor dem Untersuchen der Gegenstände im Rettungsboot muss der Besitzer des Wasserfahrzeugs benachrichtigt werden.* Aber das konnte lange dauern. Und war der Besitzer bei der Explosion der Jacht nicht umgekommen? Waren nicht alle an Bord gestorben?

Er blickte zu Rom zurück, der fast fünfzehn Meter von ihm entfernt stand und die Wolken anstarrte. *Was, zum Teufel, ist hier los?*, dachte LeFleur. Sein Sonntag war ohnehin schon ruiniert. Also öffnete er die Klappe und zog den Inhalt ein paar Zentimeter weit hervor. Er blinzelte zweimal, um sich zu vergewissern, dass er richtig sah. Denn in einem Plastikbeutel befanden sich die Überreste eines Notizbuchs.

Meer

Es ist jetzt kurz nach Mittag. Unser vierter Tag in diesem Rettungsboot. Wir haben etwas äußerst Ungewöhnliches beobachtet, Annabelle. Es betrifft den Neuankömmling, der behauptet, er sei der Herr. Kann sein, dass ich mich geirrt habe. Vielleicht ist doch mehr an ihm dran, als man auf den ersten Blick vermuten würde.

Heute früh stützte sich Yannis auf den Rand des Bootes und sang ein griechisches Lied. (Er stammt aus Griechenland, ist ein Botschafter, glaube ich, obwohl er noch ziemlich jung ist.) Geri war gerade mit ihrer Navigationskarte beschäftigt. Mrs Laghari rieb sich die Schläfen, um ihre ständigen Kopfschmerzen zu lindern. Alice, das kleine Mädchen, saß still da, die Arme um ihre Knie geschlungen. Sie starrte den neuen Insassen an, so wie sie es die meiste Zeit seit seiner Ankunft getan hat.

Plötzlich erhob sich der »Herr« und ging zu Jean

Philippe, der über seiner Frau Bernadette gebeugt betete. Beide sind Haitianer. Gute Menschen. Fröhliches Gemüt. Ich bin ihnen an jenem ersten Morgen auf Kap Verde begegnet, als die Besatzung an Bord der *Galaxy* kam, um die Gäste zu erwarten. Sie erzählten mir, sie hätten jahrelang auf großen Schiffen gekocht.

»Wir machen zu gutes Essen, Benji!«, sagte Bernadette und tätschelte ihren Bauch. »Wir werden fett!«

»Warum habt ihr Haiti verlassen?«, fragte ich.

»Oh, das Leben dort ist hart, Benji, wirklich hart«, erwiderte sie.

»Und du?«, fragte mich Jean Philippe. »Von wo kommst du?«

»Irland, dann Amerika«, antwortete ich.

»Warum bist du weggegangen?«, wollte Bernadette wissen.

»Oh, das Leben dort ist hart, Bernadette, wirklich hart.«

Wir drei lachten. Bernadette lachte oft. Ihre Augen gaben einem das Gefühl, willkommen zu sein, und sie nickte wie eine Wackelkopfpuppe, wenn man etwas sagte, dem sie zustimmte. »Oh, *chérie*!«, intonierte sie. »Du sprichst wahr!« Doch nun zeigte sie keinerlei Reaktion. Bei ihrer Flucht von der Jacht am Freitagabend wurde sie schwer verletzt. Jean Philippe meinte, sie sei auf dem Deck gestürzt, als das Schiff sich neigte, und ein großer Tisch habe sie an Kopf und Schultern getroffen. Während der letzten vierundzwanzig Stunden verlor sie immer wieder das Bewusstsein. Wären wir zu Hause, läge sie sicherlich in einem Krankenhaus. Aber hier draußen, auf hoher See treibend, erkennt man, wie oft wir unser Dasein auf dieser Erde als selbstverständlich erachten.

Der neue Insasse beugte sich über Bernadette. Jean Philippe beobachtete ihn, und seine Augen weiteten sich.

»Bist du wirklich der Herr?«

»Glaubst du, ich bin es?«

»Beweise es. Lass mich erneut zu ihr sprechen.«

Ich blickte zu Yannis, der die Brauen hochzog. Wie schnell wir jemandem vertrauen, wenn das Leben eines geliebten Menschen bedroht ist! Im Grunde wussten wir von dem Fremden nur, dass er eine verwegene Behauptung aufgestellt und ein Päckchen Erdnussbutter-Cracker gierig verschlungen hatte.

Dann sah ich, wie die kleine Alice Jean Philippes Hand ergriff. Der Neuankömmling wandte sich Bernadette zu und legte die Handflächen auf ihre Schulter und Stirn. Mit einem Mal öffneten sich ihre Augen.

»Bernadette?«, flüsterte Jean Philippe.

»*Chérie?*«, flüsterte sie zurück.

»Du hast es geschafft!«, sagte Jean Philippe in ehrfürchtigem Ton zum Herrn. »Du hast sie zurückgebracht. Danke, guter Gott! Bernadette! Meine Liebe!«

Nie habe ich dergleichen miterlebt, Annabelle. In einem Moment war sie bewusstlos, im nächsten wach und fähig zu sprechen. Die anderen im Boot begannen, sich zu regen und aufmerksam zu werden. Geri flößte Bernadette etwas Wasser ein. Nina drückte sie fest an sich. Sogar die strenge alte Mrs Laghari schien erfreut, obwohl sie murmelte: »Jemand muss erklären, wie das geschehen ist.«

»Der Herr hat es getan«, sagte Nina. Der Fremde lächelte. Mrs Laghari nicht.

Schließlich ließen wir Bernadette und Jean Philippe ihre Privatsphäre und bewegten uns zum hinteren Teil des Bootes. Der junge Mann folgte uns. Ich studierte sein Gesicht. Wenn das ein Wunder war, so nahm er es völlig gelassen.

»Was hast du mit ihr gemacht?«, fragte ich.

»Jean Philippe wollte wieder mit ihr sprechen. Das kann er jetzt.«

»Aber sie war fast tot.«

»Der Abstand zwischen Tod und Leben ist nicht so groß, wie du denkst.«

»Ach, wirklich?« Yannis drehte sich ihm zu. »Warum kommen dann Menschen nicht auf die Erde zurück, nachdem sie gestorben sind?«

Der Fremde lächelte. »Warum sollten sie es wollen?«

Yannis gab ein schnaubendes Geräusch von sich. »Was weiß ich!« Und er fügte hinzu: »Aber Bernadette, die hast du geheilt? Es wird ihr gut gehen?«

Der Mann blickte weg.

»Sie ist nicht geheilt. Doch es wird ihr gut gehen.«

ZWEI

Meer

Meine Armbanduhr zeigt 1 Uhr an. Unser fünfter Abend ist vorbei. Die Sterne funkeln derart hell, dass ich nicht erkennen kann, wo manche beginnen und andere enden, als wäre am Himmel gerade ein Fass mit glühendem Salz explodiert.

Nun konzentriere ich mich auf einen einzelnen Stern, der einen solchen Glanz versprüht, dass es scheint, jemand würde uns ein Zeichen senden. *Wir sehen euch. Winkt. Tut etwas, und wir kommen euch holen.* Doch inmitten dieses herrlichen Panoramas treiben wir weiter dahin. Es war für mich immer ein Rätsel, Annabelle, wie Schönheit und Schmerz im selben Moment gegenwärtig sein können.

Ich wünschte, ich könnte diese Sterne mit dir anstarren, irgendwo von einem sicheren Strand aus. Ich ertappe mich dabei, dass ich an den Abend zurückdenke, als wir uns zum ersten Mal begegnet sind. Erinnerst du dich? An den 4. Juli, den Nationalfeiertag?

Ich fegte gerade den Fußboden eines Pavillons im Stadtpark. Du kamst in orangefarbener Bluse und weißer Hose auf mich zu, dein Haar zum Pferdeschwanz zusammengebunden, und hast gefragt, wo das Feuerwerk gezündet würde.

»Welches Feuerwerk?«, erwiderte ich. Und in diesem Augenblick stieg die erste Rakete in die Luft (eine Explosion von rot-weißen Sternen, ich entsinne mich genau). Wir beide lachten, als hättest du die Lichtblitze durch deine bloße Frage hervorgebracht. Im Pavillon standen zwei Stühle, ich stellte sie nebeneinander, und so verbrachten wir die nächste Stunde damit, das Feuerwerk zu betrachten, wie ein altes Ehepaar auf seiner Veranda. Erst als es zu Ende war, stellten wir uns einander vor.

Diese Stunde ist mir derart im Gedächtnis geblieben, als hätte ich in sie hineingehen und sie berühren können. Die eigentümliche Anziehung, die verstohlenen Blicke, die Stimme in meinem Kopf, die wissen wollte: *Wer ist diese Frau? Wie ist sie? Warum vertraut sie mir ohne jeden Vorbehalt?* Die Möglichkeiten einer anderen Person! Gibt es auf der Erde eine Erwartung, ähnlich wie diese? Gibt es eine größere Einsamkeit, als ohne sie zu sein?

Du warst gebildet und versiert, liebevoll und schön, und ich gestehe, dass ich mich von dem Moment an, da ich dich sah, deiner Zuneigung nicht würdig fühlte. Ich habe die Highschool nicht abgeschlossen und nur über wenige Karriereoptionen verfügt. Meine Kleidung war langweilig und abgetragen, meine knochige Gestalt und das strähnige Haar kaum attraktiv. Aber ich habe dich auf der Stelle geliebt, und erstaunlicherweise hast du recht bald meine Liebe erwidert. Nie zuvor war ich so glücklich, und wohl nie werde ich wieder so glücklich sein. Dennoch hatte ich immer das Gefühl, dich irgendwann auf die eine oder andere Art zu enttäuschen. Mit dieser stillen Angst lebte ich jahrelang, Annabelle – bis zu jenem Tag, an dem du mich tatsächlich verlassen hast. Das ist jetzt fast zehn Monate her, und ich weiß, dass es keinen Sinn macht, das zu schreiben. Doch während dieser verlorenen Nächte gibt es mir Kraft. Einmal hast du gesagt: »Wir alle müssen uns an etwas festhalten, Benji.« Erlaube mir, dass ich mich an dir festhalte, an jener ersten Stunde mit dir, als wir beide auf einen farbenprächtigen Himmel starrten. Lass mich meine Geschichte zu Ende schreiben. Dann werde ich dich und diese Welt loslassen.

~

4 Uhr. Die anderen schlafen in verdrehten Körperhaltungen unter dem Verdeck. Einige schnarchen, geben gurgelnde Geräusche von sich; andere, wie Lambert, sind so laut wie eine Kreissäge. Es überrascht mich, dass er nicht alle im Boot – oder auf dem Floß – aufweckt. Geri sagt mir immer wieder, es handle sich um ein Floß. Boot. Floß. Welchen Unterschied macht das?

Verzweifelt kämpfe ich gegen den Schlaf an. Ich bin maßlos erschöpft, aber kaum eingeschlafen, gleite ich in Träume von der versinkenden *Galaxy* und bin wieder in diesem kalten, dunklen Wasser.

Ich weiß nicht, was geschehen ist, Annabelle. Das schwöre ich. Der Aufprall kam so plötzlich, dass ich dir nicht einmal berichten kann, wann genau ich ins Meer geschleudert wurde. Es regnete. Ich stand allein auf dem Unterdeck. Meine Hände hielten sich an der Reling fest. Mein Kopf hing nach unten. Ich hörte ein dröhnendes Geräusch – und merkte als Nächstes, wie ich aufs Wasser zustürzte.

Ich erinnere mich an das spritzende Aufklatschen, die plötzliche sprudelnde Stille unter der Oberfläche, das ohrenbetäubende Getöse, als ich wieder auftauchte, alles ringsum kalt und chaotisch, während mein Gehirn die Situation zu verarbeiten versuchte und mir dann zuschrie: *Verdammt noch mal! Du bist im Meer!*

Die See war stürmisch, und der Regen trommelte auf meinen Kopf. Bis ich mich orientiert hatte, war die *Galaxy* schon etwa fünfzig Meter entfernt. Ich sah, wie dunkler Rauch aus ihr aufstieg, und sagte mir, dass ich noch immer zu ihr zurückschwimmen konnte, was ein Teil von mir auch wollte, denn selbst schiffbrüchig bot sie einen festen Halt im ansonsten leeren Ozean. Ihre Decks blieben beleuchtet, lockten mich an. Doch ich wusste, dass sie dem Untergang geweiht war. Tatsächlich geriet sie zunehmend in

Schieflage, als würde sie sich hinlegen für einen letzten Schlaf.

Ich versuchte zu erkennen, ob ein Rettungsboot zu Wasser gelassen wurde oder ob Passagiere über Bord sprangen, aber die ständig über mich hereinstürzenden Wellen behinderten meine Sicht. Ich wollte losschwimmen, doch in welche Richtung? An mir schwappten Gegenstände vorbei, die wie ich von der *Galaxy* fortgerissen worden waren: ein Sofa, ein Pappkarton, sogar eine Baseballkappe. Nach Luft schnappend, wischte ich mir das Regenwasser von den Augen und erspähte einen lindgrünen Koffer, der im Abstand von wenigen Metern dahintrieb.

Es war so ein Hartschalenmodell, das offenbar nicht untergeht und nach dem ich griff, um mich daran festzuklammern. Anschließend wurde ich Zeuge der letzten Momente der *Galaxy*. Ich sah, wie ihre Decks sich verdunkelten und gespenstische grüne Glühlampen ihren Umriss erhellten. Langsam senkte sie sich tiefer und tiefer, bis sie aus dem Blick entschwand, eine gewaltige Welle darüber hinwegrauschte und ihre Überreste unter sich begrub.

Ich begann zu weinen.

Keine Ahnung, wie lange ich so im Wasser trieb, weinend wie ein kleiner Junge – um mich selbst, um die anderen, für immer verloren, ja sogar um die *Galaxy*, die mir seltsamerweise leidtat. Aber ich wiederhole, Annabelle, dass ich an der Zerstörung des Schiffs nicht beteiligt war. Mir ist klar, was Dobby im

Schilde geführt hatte, und was ich wiederum getan hatte, mag ihm unabsichtlich bei seinem Plan geholfen haben. Doch ich wurde mit nichts als der Kleidung am Körper ins Meer geworfen, und wer weiß, wie lange ich zwischen den eiskalten Wellen hin und her schaukelte. Hätte ich nicht diesen Koffer entdeckt, wäre ich bereits tot.

Mit einem Mal vernahm ich Stimmen von anderen Passagieren im Wasser. Einige davon klangen wie lautes Geheul, andere waren deutlich genug, um konkrete Wörter zu unterscheiden – *»Helft mir!«* oder *»Bitte!«* –, doch dann verstummten sie schlagartig. Das Meer spielt dem Gehör Streiche, Annabelle, und seine Strömungen sind so stark, dass jemand in einem Moment nur ein paar Meter entfernt sein kann – und im nächsten für immer verschwunden.

Meine Beine fühlten sich schwer an, und ich konnte kaum etwas tun, um sie in Bewegung zu halten. Ich wusste: Wenn ich mich verkrampfte, konnte ich nicht schwimmen, und wenn ich nicht schwimmen konnte, würde ich untergehen und sterben. Ich klammerte mich an diesen Koffer wie ein verängstigtes Kind sich an den Bauch seiner Mutter klammert. Ich zitterte vor Kälte, und gerade als meine Augen sich zu schließen begannen, um nie wieder aufzugehen, erspähte ich ein orangefarbenes Boot, das zwischen den Wellen umhertrieb. An Bord schwenkte jemand eine Taschenlampe.

Ich versuchte, *»Hilfe!«* zu schreien, hatte jedoch so

viel Salzwasser geschluckt, dass es mir im Hals brannte und jeden Laut erstickte. Ich trat mit den Beinen, konnte mich aber, den Koffer festhaltend, nicht schnell genug fortbewegen. Ich musste ihn loslassen. Das wollte ich nicht. So seltsam es klingt: Ich empfand eine gewisse Zuneigung zu ihm.

Kurz darauf leuchtete die Taschenlampe erneut im Dunkel auf, und diesmal hörte ich eine Stimme rufen: *»Hier! Hierher!«* Ich ließ los und begann zu schwimmen, den Kopf über dem Wasser, damit ich den Lichtstrahl im Blick behalten konnte. Da türmte sich eine Welle auf und schlug über mir zusammen. Mein Körper wurde umhergewirbelt, ich verlor jeden Orientierungssinn. *Nein!*, schrie ich mir stumm unter Wasser zu. *Nicht, wenn ich so nah bin!* Kaum hatte ich die Oberfläche durchbrochen, traf mich eine zweite Welle. Nochmals wurde ich in die Tiefe gerissen und zappelte wie ein Fisch an der Angelleine. Wieder auftauchend, schnappte ich nach Luft, ein Stechen in der Kehle. Ich drehte den Kopf hin und her – nichts zu sehen. Dann wandte ich mich um.

Das Boot war direkt hinter mir.

Ich ergriff das Halteseil an der Seite. Wer immer jene Taschenlampe geschwenkt hatte, war nicht mehr da. Ich kann mir nur vorstellen, dass er oder sie von der Brandung über Bord gespült wurde. Ich wollte nach einem im Wasser treibenden Körper suchen, aber schon türmte sich die nächste Welle vor mir auf. Also griff ich mit beiden Händen nach dem Seil und wurde sofort von den Wogen überrollt. Ich wusste nicht mehr, wo oben und unten war, umklammerte jedoch das Seil so verzweifelt, dass sich meine Fingernägel in die Handflächen bohrten. Und als ich wieder auftauchte, hielt ich noch immer daran fest.

Rasch zog ich mich an der Außenseite des Bootes entlang, bis ich einen Griff fand, um hineinzugelangen. Dreimal versuchte ich, mich hochzuziehen, aber es gelang mir nicht, derart geschwächt war ich. Als sich gerade eine weitere hohe Welle aufbaute, glaubte ich nicht, sie überstehen zu können. So stieß ich einen kehligen Schrei ins Dunkel aus: »AAARR-ROOOCH!« Mit der letzten mir verbliebenen Kraft hievte ich mich schließlich über den Bootsrand, fiel auf den schwarzen Gummiboden und hechelte wie ein wild gewordener Hund.

Nachrichten

MODERATOR: *Was sehen Sie in dem Gebiet des Atlantiks, wo – wie bereits gemeldet – die Luxusjacht namens* Galaxy *am Freitagabend etwa fünfzig Meilen vor der Küste von Kap Verde gesunken ist? Unser Reporter Tyler Brewer berichtet.*

REPORTER: *Meilen über Meilen nichts als endlos ausgedehnter Ozean, während Such- und Rettungsteams darüber fliegen in der Hoffnung, irgendwelche Hinweise zu finden, was auf der* Galaxy *– jener 200-Millionen-Dollar-Jacht im Besitz des Milliardärs Jason Lambert – passiert ist. Am vergangenen Freitag um 23 Uhr 20 sendete das Schiff einen Notruf und meldete einen Störfall. Man nimmt an, dass es kurz danach untergegangen ist.*

MODERATOR: *Gibt es Überlebende, Tyler?*

REPORTER: *Die Nachrichten verheißen nichts Gutes. Als die Rettungsteams das Gebiet erreichten, war die* Galaxy *schon gänzlich verschwunden. Mög-*

licherweise wurden Trümmer – oder gar die Körper von Überlebenden – durch stürmisches Wetter und starke Strömungen meilenweit von der Unglücksstelle weggetrieben.

MODERATOR: *Hat man überhaupt etwas von der Jacht entdeckt?*

REPORTER: *Nach Auskunft der Rettungsteams wurden Teile der Bordwand gesichtet. Man hat uns mitgeteilt, dass die* Galaxy *aus leichter Glasfaser gebaut wurde, wodurch sie schneller war als vergleichbare Jachten – damit aber leider auch anfälliger bei Zusammenstößen. Eine Untersuchung ist im Gange.*

MODERATOR: *Eine Untersuchung über was genau?*

REPORTER: *Offen gesagt darüber, ob ein Verbrechen vorliegt. Einem Schiff können auf hoher See viele Dinge widerfahren. Doch eine derartige Katastrophe ist ziemlich ungewöhnlich.*

MODERATOR: *Nun gut, zunächst einmal gelten unsere Gedanken und Gebete den Familien der Opfer – einschließlich der unserer Reporterin Valerie Cortez und des Kameramanns Hector Johnson, die von der* Galaxy *berichteten, als sich die Tragödie ereignete.*

REPORTER: *Allerdings. Sicherlich hoffen etliche von ihnen immer noch, dass wenigstens einige Passagiere überlebt haben. Aber in diesem Gebiet des Atlantiks ist das Wasser eiskalt. Und mit jeder Stunde, die vergeht, schwinden die Hoffnungen.*

Meer

Sechster Tag. Eine weitere seltsame Begebenheit ist zu berichten.

Heute Morgen zogen am Himmel schwere Wolken auf, und der Wind peitschte immer heftiger, bis er ganz schrill klang. In solchen Momenten ist das Meer ohrenbetäubend, Annabelle. Man muss schreien, um gehört zu werden, selbst über eine kurze Distanz. Das Salzwasser weht einem übers Gesicht und brennt in den Augen.

Unser Boot hob und senkte sich, klatschte bei jedem Sturz auf die Wasseroberfläche. Es war wie der Ritt auf einem bockenden Pferd. Wir klammerten uns an die Halteseile, um nicht über Bord geworfen zu werden.

Einmal wurde die kleine Alice losgerissen und geriet ins Taumeln. Nina hechtete nach vorn und ergriff sie gerade noch rechtzeitig, als sich ein Schwall Wasser über uns alle ergoss. Alice fest an sich gedrückt, kroch sie zurück und begann, klagend zu rufen: »Stopp! ... Genug jetzt!« Da sah ich, wie Alice einen Arm dem Herrn entgegenstreckte, der völlig unbeeindruckt von dem Geschehen in der Mitte des Bootes kauerte. Er legte sich die Hände über Nase und Mund und schloss die Augen.

Plötzlich flaute der Wind ab. Kein Luftzug regte sich mehr. Sämtliche Geräusche verstummten. Die Situation erinnerte an jenes Gedicht von T. S. Eliot, in dem vom »Ruhepunkt der sich drehenden Welt« die Rede ist – so als würde der ganze Planet den Atem anhalten.

»Was ist da gerade passiert?«, fragte Nevin.

Wir schauten reihum, in unterschiedlichen Positionen auf dem Boden des Bootes sitzend, das nun seine Bestimmung gefunden zu haben schien. Der Fremde stellte kurz Augenkontakt zu uns her, wandte sich dann ab und starrte wieder aufs Meer. Die kleine Alice schlang ihre Arme um den Hals von Nina, die sie besänftigte und flüsterte: »Schon gut ... Wir sind in Sicherheit.« Es war nun derart still, dass wir jedes ihrer Worte hören konnten.

Daraufhin begann das Boot, sanft zu schaukeln, und es bildeten sich kleine, harmlose Wellen. Eine leichte Brise kam auf, während die normalen Meeresgeräusche zurückkehrten. Aber an diesem Moment war nichts normal, meine Liebe. Ganz und gar nichts.

~

»Folgen uns die Haie immer noch?«, fragte Nina, als die Sonne am Horizont unterging.

Yannis spähte über die Bordkante. »Ich seh keine.«

Die Haie hatten wir an unserem zweiten Tag auf dem Meer entdeckt. Geri meint, sie würden von den Fischen angelockt, die es zur Unterseite des Bootes zieht.

»Vor einer Stunde waren sie noch da«, warf Nevin ein. »Mir scheint, ich hab eine Flosse erblickt.«

»Ich versteh das nicht!«, platzte Mrs Laghari los. »Wo sind die *Flugzeuge*? Jason sagte, sie würden nach uns suchen. Wieso haben wir kein einziges davon gesehen?«

Ein paar von uns schauten zu Boden und schüttelten den Kopf. Jeden Tag hat sich Mrs Laghari darüber ereifert: *Wo sind die Flugzeuge?* Als wir Lambert ins Boot zogen, behauptete er beharrlich, seine Besatzung habe Notrufe gesendet, die Rettung stehe unmittelbar bevor. Folglich warteten wir auf die Flugzeuge, suchten mit den Augen den Himmel ab. Zu dem Zeitpunkt fühlten wir uns weiterhin als Lamberts Passagiere. Das hat sich inzwischen geändert. Mit jedem Sonnenuntergang wird unsere Hoffnung schwächer, und wir kommen uns nicht mehr wie Passagiere von wem auch immer vor. Wir sind nichts als hilflos übers Meer treibende Seelen.

Ich frage mich, ob so das Sterben ist, Annabelle. Zunächst ist man derart fest mit der Welt verbunden, dass man sich nicht vorstellen kann, sie loszulassen.

Früher oder später aber ergibt man sich einem Zustand des bloßen Dahintreibens. Was als Nächstes geschieht, weiß ich nicht.

Einige würden sagen: Dann begegnet man dem Herrn.

~

Glaub mir, darüber habe ich angesichts des Fremden in unserem Rettungsboot oft nachgedacht. Ich nenne ihn einen Fremden, Annabelle, denn wäre er wirklich von göttlicher Natur, müsste er mir unfassbar fern sein. In der Kindheit bringt man uns bei, dass wir von Gott kommen, dass wir nach seinem Ebenbild erschaffen wurden – doch was soll, während wir heranwachsen, an unseren Verhaltensweisen und Handlungen gottgleich sein? Und was ist mit den schrecklichen Dingen, die uns widerfahren? Wie kann ein höchstes Wesen sie zulassen?

Nein. Der treffende Ausdruck lautet *Fremder* – das war Gott schon immer für mich. Wer dieser Mann eigentlich ist, nun, was das betrifft, bleiben die Meinungen im Boot geteilt. Dazu habe ich vorhin Jean Philippe befragt, als wir im Heck zusammensaßen.

»Glaubst du, dass wir sterben werden, Jean Philippe?«

»Nein, Benji. Ich glaube, dass der Herr gekommen ist, um uns zu retten.«

»Schau ihn dir doch an. Er ist einfach ... Durchschnitt.«

Jean Philippe lächelte. »Was hast du erwartet, wie sollte der Herr denn deiner Auffassung nach aussehen? Sagen wir nicht häufig: ›Könnten wir Gott nur einmal mit eigenen Augen sehen, wüssten wir, dass er wirklich ist‹? Was, wenn Er uns schließlich eine Gelegenheit geboten hat, Ihn zu sehen? Ist das immer noch nicht genug?«

Nein, würde ich sagen, ist es nicht. Gewiss, heute haben wir diesen merkwürdigen Moment erlebt, als der starke Wind plötzlich abflaute und die Wogen sich glätteten, außerdem das kleine Wunder von Bernadettes Wiedererwachen. Aber je länger der Mensch ein Wunder hin und her wendet, desto mehr irdische Erklärungen tauchen dazu auf.

»Reiner Zufall«, meinte Lambert heute Morgen, als wir darüber diskutierten. »Wahrscheinlich war sie sowieso bereits dabei, das Bewusstsein wiederzuerlangen.«

»Oder er hat sie aufgeweckt«, schlug Nevin vor.

Der Fremde kam unter dem Verdeck hervor, und Mrs Laghari warf ihm einen Blick zu, als hätte sie ihn durchschaut.

»Ist es das, was du mit Bernadette gemacht hast?«, fragte sie. »Eine Art Trick angewendet?«

Er legte den Kopf schief. »Es war kein Trick.«

»Ich hab da meine Zweifel.«

»Mit dem Zweifel bin ich durchaus vertraut.«

»Stört dich das nicht?«, fragte Nina.

»Viele, die mich finden, sind anfangs zögerlich.«

»Oder sie finden dich erst gar nicht«, sagte Yannis, »und halten sich an die Wissenschaft.«

»Die Wissenschaft«, erwiderte der Fremde und betrachtete den Himmel. »Ja. Mit der Wissenschaft habt ihr eine schlüssige Erklärung für die Sonne gefunden. Desgleichen für die Sterne, die ich ans Firmament setzte. Ihr habt all die großen und kleinen Geschöpfe erklärt, mit denen ich die Erde bevölkerte. Sogar meine größte Schöpfung habt ihr erklärt.«

»Und die wäre?«, fragte ich.

»Du, der Mensch.«

Er fuhr mit der Hand über die Gummihaut des Bootes. »Die Wissenschaft hat eure Existenz bis zu primitiven Lebensformen zurückverfolgt, dann weiter zu noch ursprünglicheren Formen. Doch nie wird sie in der Lage sein, die letzte Frage zu beantworten.«

»Die da lautet?«

»Wo hat alles begonnen?« Er lächelte. »Diese Antwort kann allein in mir gefunden werden.«

Lambert unterdrückte ein Lachen. »Okay, okay. Wenn du so großartig bist, dann hol uns doch aus diesem Schlamassel. Sorg dafür, dass ein Ozeandampfer aufkreuzt. Tu etwas, statt nur zu reden. Wie wär's, uns wirklich zu retten?«

»Ich habe euch alles gesagt, was ihr dafür braucht«, entgegnete der Fremde.

»Ja, ja, wir müssen alle zusammen an dich glauben«, entgegnete Lambert. »Erwarte nicht zu viel.«

Das Gespräch verstummte allmählich. Sicherlich

ist der Mann ein Rätsel, Annabelle, ein Auslöser von Verwirrung und manchmal auch Verdrossenheit. Aber letzten Endes ist nicht er die Antwort. Wir haben keine Antwort. Wenn Mrs Laghari fragt: »Wo sind die Flugzeuge?«, weiß ich, was die meisten von uns denken. Hätten Flugzeuge sich auf die Suche begeben, wären sie schon längst hier.

~

Ich versuche, den Mut nicht zu verlieren, meine Liebe. Ich denke an dich, an zu Hause, eine Mahlzeit, ein Glas Bier und einen wohltuenden, langen Schlaf. Kleinigkeiten. Ich gebe mir Mühe, im Boot aktiv zu bleiben, bewege mich von einer Seite zur anderen und dehne die Muskeln, soweit das möglich ist, doch die unerbittliche Sonne zehrt an meinen Kräften. Nie war mir zuvor bewusst gewesen, wie kostbar Schatten sein kann. Meine Haut, röter denn je, ist mit Eiterbeulen übersät. Klugerweise hatte sich Geri vor dem Sprung von der *Galaxy* einen Rucksack gegriffen, in dem eine Tube mit Aloe-Vera-Creme war, doch sie reicht nicht annähernd für alle. So teilen wir uns wenige Kleckse für die schlimmsten Stellen.

Unser einziger Ausweg besteht darin, unter das Verdeck zu kriechen. Aber dort herrscht eine bedrückende Enge, und man kann nicht aufrecht sitzen.

Geris Rucksack enthielt auch einen dieser kleinen Handventilatoren, den wir einander reichen, um uns wenigstens mit einer schwachen Brise zu kühlen. Rasch schalten wir ihn dann wieder ab, um die Batterien zu schonen.

Süßwasser ist nach wie vor unser kostbarstes Gut. Es kommt aus der zum Boot gehörenden »Notfalltasche«, die außerdem verschiedene, überlebenswichtige Utensilien enthält: einen Schöpfeimer, eine Angelleine, zwei Paddel, eine Leuchtpistole, solche Sachen.

Das in kleinen Dosen abgefüllte Trinkwasser ist am wichtigsten, mittlerweile aber fast aufgebraucht. Zweimal täglich haben wir gleiche Mengen davon in einem Edelstahlbecher verteilt. Wir trinken schlückchenweise und geben ihn dann weiter. Geri achtet darauf, den Becher für die kleine Alice vollzugießen. An diesem Abend, nach dem sonderbaren Vorfall, als der Wind sich plötzlich legte, nahm das Mädchen seine Ration entgegen und kroch über den Boden zum Herrn.

»Was hat dieses sonderbare Kind jetzt vor?«, fragte Lambert.

Alice bot ihren Becher dem Fremden an, worauf er das Wasser in einem Zug hinunterschluckte. Mit einem dankbaren Nicken gab er ihn an sie zurück. Was sollen wir von ihm halten, Annabelle? Ganz zu schweigen von den rätselhaften Dingen, die seit seiner Ankunft geschehen sind. Würde Gott wirklich Wasser trinken vor den Augen eines durstigen Kindes?

Land

LeFleurs Herz pochte. Rom noch immer den Rücken zugewandt, zog er den Plastikbeutel vollends aus der Vertiefung im Bootsrand. Der vordere Einband des Notizbuchs war entzweigerissen, der hintere zerfressen vom Salzwasser, das nach innen gelaufen war. Handelte es sich um eine Art Logbuch? Oder vielleicht um ein Tagebuch, das eine Erklärung dafür bot, was mit der *Galaxy* geschehen war? Jedenfalls, dachte LeFleur, könnte er ein Dokument von internationaler Bedeutung in der Hand halten.

Und niemand wusste von dessen Existenz.

Dem Polizeiprotokoll zufolge hätte der Beutel sofort an die Fundstelle zurückgelegt und die übergeordnete Behörde verständigt werden sollen. *Leite die Sache nach oben weiter. Tritt zur Seite und mach anderen Platz.* Das wusste LeFleur durchaus. Ihm war aber auch klar, dass er von dem Moment an, da er seine Vorgesetzten anrief, von den Ermittlungen ausgeschlossen wäre. Irgendetwas an dem Rettungsboot schlug ihn in Bann. Zweifellos war dies die fesselndste Angelegenheit, mit der er in seinem Beruf je zu tun gehabt hatte. Auf Montserrat gab es fast keine Kriminalität mehr. LeFleur verbrachte viele seiner Tage in erdrückender Langeweile, verdrängte den Gedanken daran, wie sehr seine Welt während der vergangenen vier Jahre ins Wanken geraten war, wie seine Ehe sich gewandelt hatte, ja wie alles sich tief greifend verändert hatte.

Er blinzelte heftig. Heute war Sonntag. Sein Chef war nicht im Dienst. Niemand ahnte, dass er sich hier draußen aufhielt. Er konnte einen kurzen Blick in dieses Notizbuch werfen und es dann wieder an seinem ursprünglichen Platz deponieren. Wer würde den Unterschied bemerken?

LeFleur spähte zu Rom, der in die andere Richtung schaute und die Felswände betrachtete, steckte den Plastikbeutel in den Hosenbund und zog das Hemd darüber. Dann erhob er sich, ging am Strand entlang und rief über die Schulter hinweg: »Bleiben Sie da, Rom! Ich werde mich nach weiteren Trümmerteilen umsehen.«

Rom nickte.

Wenige Minuten später war LeFleur allein in einer kleinen Bucht. Er ließ sich auf die Knie fallen, setzte sich auf die Fersen zurück und nahm den Beutel aus dem Hosenbund. Langsam und vorsichtig öffnete er das Notizbuch, selbst als seine innere Stimme ihn warnte: *Du solltest das nicht tun.*

Nachrichten

MODERATOR: *Heute finden die Gedenkgottesdienste für den Investor und Milliardär Jason Lambert statt, der zusammen mit mehr als vierzig weiteren Personen spurlos verschwand, als seine Luxusjacht, die* Galaxy, *vergangenen Monat im Atlantischen Ozean unterging. Unser Reporter Tyler Brewer ist vor Ort und berichtet über die Trauerfeier.*

REPORTER: *Das ist richtig, Jim. Nach sechsundzwanzig Tagen intensiver Suche und Rettungsbemühungen hat die US-Küstenwache die* Galaxy *offiziell für »auf See verschollen« erklärt. Man nimmt an, dass die Jacht infolge einer Explosion oder einer Kollision auseinanderbrach. Die Ursache des Unglücks ist nach wie vor nicht geklärt.*

MODERATOR: *Tyler, die Liste der Opfer ist außergewöhnlich, nicht wahr? Ein früherer US-Präsident, diverse Weltmarktführer, Großindustrielle, beliebte Entertainer.*

REPORTER: *Korrekt. Möglicherweise haben gerade deshalb ausländische Regierungen gefordert, die Ursache dieser Tragödie zu untersuchen und damit sicherzustellen, dass nicht irgendwelche politischen oder finanziellen Motive mit im Spiel waren.*

MODERATOR: *Aber ich denke, im Vordergrund steht zunächst die Bestattungszeremonie, die umso schmerzlicher ist, da keine Leichname geborgen werden konnten.*

REPORTER: *Ja. Hier, beim Gottesdienst für Jason Lambert, gibt es weder einen Sarg noch einen feierlichen Akt an der Grabstätte. Auch ohne derartige Rituale wird er Freunden und Familienmitgliedern, darunter drei Ehefrauen und fünf Kinder, in Erinnerung bleiben. Wir haben erfahren, dass niemand von ihnen eine Rede hält, nur sein langjähriger Geschäftspartner Bruce Morris wird das Wort ergreifen.*

Gewiss war Jason Lambert eine umstrittene Persönlichkeit, ein äußerst wohlhabender Mann, der es offenbar genoss, der Welt seinen Reichtum zur Schau zu stellen. Er war der Sohn eines Apothekers, wuchs in Maryland auf und begann sein Berufsleben als Staubsaugerverkäufer. Nach drei Jahren übernahm er das Geschäft. Bald gelang ihm der Durchbruch, indem er andere Firmen aufkaufte, schließlich einen Master in Finance machte und seinen inzwischen berühmten Investmentfonds Sextant Capital *gründete, der sich zum drittgrößten Fonds weltweit entwickelt hat. Neben weiteren Besitztümern gehörten ihm ein*

Filmstudio, eine Fluggesellschaft, ein Profi-Baseballteam und ein australischer Rugbyclub. Außerdem war Lambert ein leidenschaftlicher Golfspieler.

Die Großartige Idee *war seine letzte Unternehmung. Von einigen als visionär gepriesen, stieß sie auf heftige Kritik bei anderen, die darin eine schamlose Versammlung der Reichen und Mächtigen sahen. Natürlich konnte niemand wissen, welch tragische Wende die Reise nehmen würde. Im Alter von vierundsechzig Jahren ist Jason Lambert nun mutmaßlich verstorben.*

MODERATOR*: Wir sollten darüber hinaus erwähnen, dass außer den Prominenten, die auf See verschollen sind, etliche Beschäftigte mit an Bord waren, die Besatzung, das Dienstpersonal und andere, nicht wahr?*

REPORTER: *Genau. Sie sollten ebenfalls in Erinnerung bleiben.*

Meer

Bernadette ist tot, Annabelle! Sie ist tot! Ich muss mich beruhigen, darf nicht den Kopf verlieren. Ich werde genau aufschreiben, was passiert ist. Jemand muss davon erfahren!

Gestern erzählte ich dir, wie der Mann, den wir »Herr« nennen, Bernadettes Körper nur berührte, und schon öffnete sie die Augen. Wir alle haben miterlebt, dass sie lächelte und sich flüsternd mit Jean Philippe unterhielt. Er war überglücklich und sagte immer wieder: »Es ist ein Wunder! Der Herr hat ein Wunder vollbracht!« Das habe ich dir doch berichtet, oder? Ich bin derart durcheinander, dass ich mich an einzelne Dinge nicht deutlich erinnern kann.

Letzte Nacht habe ich schlecht geschlafen, weil das Boot ständig auf und ab schaukelte. Ungefähr vier Stunden war ich eingenickt. Ich träumte, in einem Grillrestaurant zu sitzen. Der Geruch war dermaßen echt, so was von penetrant. Aber das Essen kam nie, egal, wie oft ich den Hals auch reckte, um in die Küche zu schauen. Dann hörte ich plötzlich, wie ein Gast aufheulte.

Ich erwachte durch das laute Weinen von Jean Philippe.

Rasch drehte ich mich um und sah ihn, den Kopf gebeugt, die Arme schlaff am Körper. Der »Herr« hatte eine Hand auf seiner Schulter. Der Platz zwischen ihnen, wo Bernadette gelegen hatte, war leer.

»Jean Philippe«, krächzte ich, »wo ist deine Frau?«

Keine Antwort. Nevin, ebenfalls wach, kümmerte sich um sein verwundetes Bein. Als ich seinen Blick einfing, schüttelte er bloß den Kopf. Mrs Laghari, offenbar aus dem Schlaf aufgeschreckt wie ich, starrte nur aufs dunkle Meer hinaus.

»Wo ist Bernadette?«, wiederholte ich und stand auf. »Ist etwas passiert? Wo ist sie hin?«

»Wir *wissen* es nicht«, erwiderte Nevin schließlich. Er deutete auf Jean Philippe und den Herrn.

»Sie werden nichts sagen.«

DREI

Land

An einen großen Fels gelehnt, prüfte LeFleur das Notizbuch eingehend. Die Seiten klebten zusammen, wahrscheinlich durch die Einwirkung des Salzwassers, und ihm wurde bewusst, dass es ein heikles Unterfangen wäre, sie voneinander zu trennen. Immerhin war eine Schrift erkennbar. In Englisch. Er spürte, wie seine Hände zitterten. Schließlich hob er den Blick, betrachtete die anbrandenden Wellen und überlegte, was zu tun sei.

Die meiste Zeit seines Lebens hatte LeFleur die Regeln befolgt. Er hatte auf der Schule gut abgeschnitten, sich bei den Pfadfindern verdient gemacht, mit seinen Polizeitests zu den Besten gehört. Ja, er hatte sogar mit dem Gedanken gespielt, Montserrat den Rücken zu kehren und sich in England zum Wachtmeister ausbilden zu lassen. Er verfügte über die passende Statur für einen Gesetzeshüter: groß gewachsen, breitschultrig, ausgestattet mit einem dicken Schnurrbart, der sein Lächeln verbarg und ihm ein ziemlich ernstes Aussehen verlieh.

Doch dann begegnete er Patrice. Vor vierzehn Jahren, bei einer Silvesterparty, die zu Montserrats jährlich stattfindendem Festival mit Paraden, kostümierten Darstellern und einem Calypso-King-Wettbewerb gehörte. Sie tanzten. Sie tranken. Sie tanzten weiter. Um Mitternacht küssten sie sich und taumelten leidenschaftlich ins neue Jahr. Während der nächsten Monate trafen sie sich jeden Tag, und bald schien es kaum noch Zweifel daran zu geben, dass sie heiraten würden.

Im Sommer fand die Hochzeit statt. Sie erwarben ein kleines Haus, das sie gelb anstrichen, und kauften ein Himmelbett, in dem sie sehr viele Stunden miteinander verbrachten. LeFleur lächelte, wenn er beobachtete, wie Patrice sich vom Bett entfernte, und lächelte noch mehr, sobald er sie zurückkehren sah. *Vergiss England*, sagte er sich. Er würde nirgendwohin gehen.

Wenige Jahre später hatten er und Patrice eine Tochter, Lilly, und sie schwärmten für sie, wie frischgebackene Eltern es eben tun, schossen Fotos von jeder ihrer Bewegungen, sangen ihr Kinderlieder vor und trugen sie auf den Schultern, wenn sie gemeinsam zum Markt gingen. LeFleur strich die Wände ihres zweiten Schlafzimmers in einem hellrosa Farbton und fügte Dutzende kleiner rosaroter Sterne an der Decke hinzu. Unter diesen Sternen brachten Jarty und Patrice ihre Tochter jeden Abend zu Bett. Er erinnerte sich, dass ihm während jener Zeit so wohl ums Herz war, als hätte er es gar nicht verdient – oder als wäre ihm durch Zufall ein doppelter Anteil an tiefer Zufriedenheit zuteilgeworden.

Dann starb Lilly.

Sie war erst vier Jahre alt. Sie hatte Doris besucht, die Mutter von Patrice, und an dem Morgen waren beide zum Strand gegangen. Doris, die an Herzproblemen litt, hatte beim Frühstück ein neues Medikament eingenommen – nicht ahnend, dass es sie schläfrig machen würde. Und so schlief sie unter der heißen Sonne in einem Liegestuhl ein. Als sie blinzelnd die Augen wieder öffnete, sah sie ihre Enkelin mit dem Gesicht nach unten reglos in der Brandung treiben.

Eine Woche später wurde Lilly beigesetzt. Seit diesem Tag lebten LeFleur und Patrice wie in einem dichten Nebel. Sie gingen nicht mehr aus. Sie fanden kaum noch Schlaf. Sie krochen durch die Tage und fielen abends in ihre Kissen. Das Essen verlor seinen Geschmack. Die Gespräche verkümmerten. Eine Dumpfheit bemächtigte sich ihrer, sodass beide oft lange irgendwohin starrten, bis er oder sie fragte: »Was?«, worauf das Gegenüber erwiderte: »Was?« und die Antwort bekam: »Ich hab nichts gesagt.«

Vier Jahre vergingen. Allmählich gewannen Nachbarn und Freunde den Eindruck, das Ehepaar habe wieder zu einem Gleichgewicht gefunden. Tatsächlich aber waren die zwei zu ihrem eigenen Montserrat geworden – in den Grundfesten erschüttert, entzweigerissen und unter Asche verschüttet. LeFleur verriegelte die Tür zu Lillys Zimmer. Seit dem Unglück hatte er es nicht mehr betreten. Er zog sich zurück und schüttelte den Kopf, wann immer Patrice darüber sprechen wollte.

Sie fand Trost in ihrem Glauben, besuchte oft die Kirche, betete tagein, tagaus. Sie erklärte, Lilly »sei bei Gott«, und nickte unter Tränen, wenn die Freundinnen ihr mitteilten, Lilly lebe an einem besseren Ort weiter und sie brauche sich nie mehr Sorgen zu machen.

LeFleur konnte das nicht akzeptieren. Er leugnete Gott, Jesus, den Heiligen Geist – all das, was ihm als Kind in der Kirche gelehrt worden war. Kein barmherziger Gott würde ihm auf solch brutale Weise sein Kind wegnehmen. Kein Himmel benötigte seine Tochter so dringend, dass sie mit vier Jahren ertrinken musste. Der Glaube? *Was für ein Schwachsinn!*, dachte er. Zunehmend erschien ihm die Welt finster und absurd. Er trank mehr, rauchte öfter. Kaum etwas war ihm noch wichtig. Sogar das gelbe Haus und das Himmelbett wirkten trist. Die Macht der Trauer liegt im langen Schatten, den sie wirft. Er verdunkelt alles, worauf der Blick fällt.

Doch was hatte es nun mit diesem orangefarbenen Rettungsboot und dem verborgenen Notizbuch auf sich? Sie schreckten ihn aus seinem Leid auf. Warum, wusste er nicht genau. Vielleicht war es die Vorstellung, dass etwas – und seien es nur ein paar beschriebene Blätter – einer Tragödie standgehalten und den Ozean überquert hatte, um zu ihm zu gelangen. Es hatte *überlebt*. Und Zeuge des Überlebens zu sein, kann einen dazu bringen, an das eigene Überleben zu glauben.

Behutsam löste er den vorderen Einband von der ersten Seite. Eine dicht gedrängte Handschrift kam zum Vorschein. Auf die Innenseite des Buchdeckels war mit blauer Tinte eine Botschaft gekritzelt:

Für wen auch immer, der das hier findet –
Es ist niemand mehr da. Vergib mir meine Sünden.
Ich liebe dich, Annabelle DeChapl –

Der Rest war weggerissen worden.

Meer

Unser achter Tag im Rettungsboot, Annabelle. Auf meinen Lippen und Schultern haben sich Blasen gebildet, und mein Gesicht juckt wegen des sprießenden Bartes. Jetzt kreisen meine Gedanken dauernd ums Essen. Nichts sonst kommt mir in den Sinn. Schon merke ich, wie sich mein Fleisch straffer über die Knochen spannt. Ohne Nahrung verbrennt der Körper zuerst sein Fett, dann seine Muskeln. Bald wird das Gehirn an der Reihe sein.

Manchmal werden meine Füße taub. Ich vermute, dass dies auf den Bewegungsmangel und die verkrampfte Haltung zurückzuführen ist, in der wir sitzen müssen, um Platz für alle zu haben. Dann und wann verändern wir die Position, um das Boot im Gleichgewicht zu halten, oder legen die Beine, um sie auszustrecken, über die des Nachbarn, als seien sie Mikadostäbchen. Der Boden ist ständig nass, das heißt, unsere Hinterteile sind ständig feucht, was wiederum Blasen und Wundstellen zur Folge hat. Geri meint, wir müssten regelmäßig aufstehen und uns bewegen, um keine weiteren Verletzungen oder schmerzende Hämorrhoiden zu riskieren. Aber nicht alle können sich gleichzeitig erheben, ohne das Boot umzukippen, also wechseln wir uns gegenseitig ab; eine Person rutscht auf den Knien umher, eine zweite folgt ihr, anschließend eine dritte. Es ist wie bei einem Hofgang im Gefängnis, wenn sich die Insassen kurz körperlich ertüchtigen. Außerdem erinnert Geri uns daran, weiterhin zu reden und Gespräche zu führen, um geistig wach zu bleiben. Die Situation ist nach wie vor schwierig. Meistens herrscht tagsüber eine sengende Hitze.

Geri war Gast auf der *Galaxy*, doch im Rettungsboot ist sie die stabilisierende Kraft. Sie kommt aus Kalifornien, wo sie reichlich Zeit auf dem Meer verbrachte, und war in jüngeren Jahren öfter segeln. Anfänglich wandten sich die anderen mit ihren Fragen an Jean Philippe oder mich, weil wir auf der Jacht gearbeitet haben. Doch in der Trauer um seine Frau spricht er jetzt kaum noch. Und vor meiner Tätigkeit auf der *Galaxy* war ich nur auf einem weiteren Schiff als auszubildender Deckhelfer im Einsatz gewesen. Dort musste ich lernen, wie man Feuer verhütet und einige grundlegende Erste-Hilfe-Maßnahmen ergreift. Aber größtenteils habe ich geputzt, geschmirgelt, gewachst – und die Gäste bedient. Keine dieser Beschäftigungen hat mich auf die Misere vorbereitet, in der wir uns nun befinden.

Geris Berechnungen zufolge wird unsere letzte Dose Wasser morgen aufgebraucht sein. Wir alle sind uns bewusst, was das bedeutet. Kein Wasser, kein Überleben. Geri hat sich um eine kleine Solardestille gekümmert, die noch aus der Notfalltasche stammt – ein kegelförmiges Gerät, das Kondensfeuchtigkeit in Trinkwasser umwandeln soll. Sie sorgte dafür, dass es an einem Seil hinter dem Boot hergezogen wird. Aber bisher hat es sich als unwirksam erwiesen. *Ein Schwindel*, sagt sie. Tatsache ist: Wie könnte es für uns zehn genügend Trinkwasser produzieren?

Gerade habe ich »für uns zehn« geschrieben. Dabei wird mir klar, dass ich dir nicht ausführlicher über Bernadettes Schicksal berichtet habe. Verzeih mir, Annabelle. Während der vergangenen beiden Tage konnte ich mich nicht aufraffen, darüber zu schreiben. Es brauchte einige Zeit, den Schock zu verkraften.

~

Schließlich war es Mrs Laghari, die von Jean Philippe eine Antwort bekam. Leise vor sich hin weinend, hatte er stundenlang geschwiegen. Der Herr, der neben ihm saß, drehte einen Paddelschaft zwischen den Handflächen hin und her.

Sie sank auf die Knie, noch immer bekleidet mit dem langen rosafarbenen T-Shirt, das Geri ihr gegeben hatte, das graumelierte Haar hinter die Ohren geschoben. Trotz ihrer kleinen Statur nötigt diese Frau einem Respekt ab. Mit entschlossener Stimme sagte sie: »Mr Jean Philippe, ich weiß, dass Sie trauern. Doch Sie müssen uns mitteilen, was mit Bernadette geschehen ist. Wir können keine Geheimnisse voreinander haben. Hat dieser Mann …« – sie deutete auf den Herrn –, »… nachdem er sie wiederbelebte, noch etwas anderes getan?«

»Der Herr hat niemandem Schaden zugefügt, Mrs Laghari«, flüsterte Jean Philippe. »Bernadette war tot.«

Mehrere von uns seufzten auf.

»Aber sie war aufgewacht«, warf Nevin ein.

»Sie schien wohlauf«, fügte ich hinzu.

»Wir dachten, er hätte sie geheilt«, ergänzte Nina.

»Moment«, meldete sich Yannis. »Ich fragte ihn, ob er sie geheilt habe, und er verneinte.«

Er wandte sich dem Herrn zu. »Aber du hast gesagt, es ginge ihr gut.«

»Es geht ihr gut«, erwiderte der Herr.

»Aber sie ist weg.«

»An einem besseren Ort.«

»Du eingebildeter Mistkerl!«, schrie Lambert. »Was hast du getan?«

»Bitte, hört auf«, murmelte Jean Philippe. Er legte sein Gesicht in die Hände. »Sie hat zu mir gesprochen. Meinte, es sei an der Zeit, Gott zu vertrauen. Ich sagte: ›Ja, Liebling, das werde ich.‹ Dann lächelte sie, und ihre Augen fielen zu.« Seine Stimme zitterte. »Besaß sie nicht das schönste Lächeln?«

Mrs Laghari beugte sich nach vorn. »Hat das sonst noch jemand gesehen?«

»Alice«, antwortete Jean Philippe. »Das arme Kind. Ich habe ihr gesagt, Bernadette sei eingeschlummert. Sie schlafe bloß. Ein schöner … Schlaf.«

Er brach zusammen. Die meisten weinten ebenfalls, nicht nur um Bernadette, sondern um sich selbst. Ein unsichtbarer Schutzschild war zerschmettert. Der Tod hatte seinen ersten Besuch abgestattet.

»Wo ist ihre Leiche?«, wollte Lambert wissen.

Keine Ahnung, warum er das fragte. Es war doch offensichtlich.

»Der Herr erklärte, ihre Seele habe den Körper verlassen«, krächzte Jean Philippe.

»Mal langsam. Er hat dich aufgefordert, sie über Bord zu werfen? Deine eigene Frau?«

»Schluss jetzt, Jason!«, schnauzte Mrs Laghari.

»Du hast sie im Meer versenkt?«

»Halt den Mund, Jason!«, keifte Yannis.

Lambert lehnte sich grinsend zurück.

»Alles wegen irgend so einem Gott«, platzte er heraus.

~

Als an diesem Abend die Sonne unterging, saß eine Gruppe von uns außerhalb des Verdecks. Der Einbruch der Dunkelheit weckt Ängste, lässt uns aber auch eng zusammenrücken; so als kauerten wir aneinander zum Schutz vor einem Angreifer, den niemand sehen kann. Da Bernadette nicht mehr unter uns war, schienen wir nun umso gefährdeter. Eine lange Zeit verging, ohne dass auch nur ein Mucks zu hören gewesen wäre.

Mit einem Mal begann Yannis zu singen:

Hoist up the John B's sails,
See how the main sail sets ...

Hisst die Segel der John B.,
Seht, wie sich das Hauptsegel entfaltet ...

Er hielt inne und schaute um sich. Wir anderen tauschten flüchtige Blicke aus, sagten aber nichts. Nina verzog den Mund zu einem schwachen Lächeln. Yannis beließ es dabei. Er hat eine hohe, trällernde Stimme, der man ohnehin nicht länger zuhören möchte.

Doch dann wechselte Nevin den Platz, setzte sich neben ihn, hustete einmal und sagte: »Wenn du's schon singen willst, Kamerad, dann sing's richtig.«

Er reckte den Hals in die Höhe. Ich konnte seinen hervorstehenden Adamsapfel erkennen. Er räusperte sich und sang:

Hoist up the John B's sails,
See how the main sail sets ...

Mrs Laghari übernahm die folgenden Zeilen:

Call for the captain ashore,
Let me go home …

Ruft nach dem Kapitän an Land,
Lasst mich nach Hause gehen …

Wir Übrigen stimmten murmelnd mit ein:

Let me go home,
I want to go home,
Well, I feel so broke up,
I want to go home …

Lasst mich nach Hause gehen,
Ich möchte nach Hause gehen,
Tja, ich fühl mich so fertig,
Ich möchte nach Hause gehen …

»Es heißt ›zerbrochen‹«, unterbrach Nevin. »Statt ›fertig‹.«

»Nein, ›fertig‹«, beharrte Yannis.

»Nicht in der Originalversion.«

»Wie soll man sich denn so ›zerbrochen‹ fühlen?«, fragte Lambert.

»›Fertig‹!«, bestimmte Mrs Laghari. »Jetzt wieder von vorn.«

Wir folgten ihrer Aufforderung und sangen drei oder vier Mal:

Let me go home,
Let me go home,
I want to go home, yeah, yeah …

Lasst mich nach Hause gehen,
Lasst mich nach Hause gehen,
Ich möchte nach Hause gehen, ja, ja …

Sogar der Herr schloss sich uns an, obwohl er den Liedtext nicht zu kennen schien. Die kleine Alice schaute zu, als hätte sie dergleichen noch nie gesehen. Unsere Stimmen verloren sich in der leeren Meeresnacht – und in diesem Augenblick konnten wir uns durchaus wie die einzigen Menschen vorkommen, die auf der Erde zurückgeblieben waren.

Nachrichten

MODERATOR: *Ähnlich wie vom Schmerz überwältigte Familien rund um den Globus Gedenkfeiern für ihre geliebten Verstorbenen abhalten, beginnen wir eine Reihe von Würdigungen für jene, die seit dem Untergang der Jacht* Galaxy *letzten Monat verschollen sind. Heute Abend porträtiert Tyler Brewer eine außergewöhnliche Frau, die aus bitterer Armut zu einer der einflussreichsten Positionen in ihrer Branche aufstieg.*

REPORTER: *Danke, Jim. Latha Laghari wurde in den Basanti Slums von Kalkutta, Indien, geboren. Ihre frühen Jahre verbrachte sie in einer beengten, aus Holz und Blech erbauten Hütte. Es gab weder Strom noch fließendes Wasser. Sie aß nur einmal täglich.*

Als ihre Eltern in einem Zyklon ums Leben kamen, wurde Latha von einer Verwandten aufgenommen, die sie auf ein Internat schickte. Sie brillierte in Chemie und hoffte nach ihrem Schulabschluss, Medizin zu studieren, aber für eine junge Frau ihrer Herkunft waren keine Stipendien verfügbar. Stattdessen arbeitete sie zwei Jahre lang in einer Fleischfabrik, um dann mit dem ersparten Geld nach Australien zu reisen, wo sie eine Stelle in der Kosmetikindustrie fand.

Dank ihrer weitreichenden Kenntnisse in Chemie und ihrer unermüdlichen Arbeitsmoral schaffte sie bei Tovlor, Australiens größter Kosmetikfirma, den Aufstieg von der Produkttesterin zur Leiterin der Entwicklungsabteilung. 1989 ging sie von dort weg, um daheim in Indien ein eigenes Unternehmen zu gründen, das sich zu einer der ersten zwanzig Kosmetikfirmen weltweit entwickelte und heute die beliebte Lippenstiftreihe Schmatzer *herstellt.*

Interessanterweise trug Latha selbst kaum Makeup. Bekannt als elegante, geradlinige Geschäftsfrau zog sie mit ihrem Mann Dev Bhatt zwei Kinder groß. Er wiederum verdiente sein Vermögen im Bereich der Mobiltelefonkommunikation.

DEV BHATT: *»Latha war der Fels unserer Familie. So entschieden sie in geschäftlichen Angelegenheiten auch sein konnte, so sanft und liebevoll war sie gegenüber unseren Kindern. Immer erübrigte sie Zeit für sie und mich. Sie sagte, unsere Familie sei das Geschenk, das ihr für die in ihrer Kindheit verlorene Familie zuteilwurde.«*

REPORTER: *Latha Laghari war einundsiebzig Jahre alt, als sie auf Jason Lamberts Jacht eingeladen wurde, um an der verhängnisvollen Reise unter dem*

Motto Die Großartige Idee *teilzunehmen. Sie lässt eine trauernde Familie zurück, eines der 500 umsatzstärksten Unternehmen sowie ein Frauenbildungszentrum, das sie in Kalkutta gründete. In einem Interview sagte Laghari einmal: Ungeachtet all der Ausbildung, die sie später genießen konnte, hätten ihr die ersten sechs Jahre in den Basanti Slums die wichtigste Lektion des Lebens beigebracht. Gefragt, worin diese bestehe, erwiderte sie: »Überlebe bis morgen.«*

Meer

Neunter Tag, Annabelle. Es ist dunkel, und ich bin sehr müde. Zweimal habe ich versucht, dir zu schreiben, aber es gelang mir nicht. Noch immer stehe ich unter Schock wegen der Ereignisse tagsüber. Der Tod hat erneut zugeschlagen.

Ich ruhte im hinteren Teil des Rettungsbootes, als Geri auf Knien zu mir gekrochen kam. »Benji, warum machst du nicht eine Bestandsaufnahme, solange du dieses Notizbuch führst?«, fragte sie. »Wir müssen unsere Rationen genau im Auge behalten.«

Ich nickte zustimmend. Dann drehte sie sich um und bat jeden von uns, die jeweils noch verfügbaren Dinge hervorzuholen und in die Mitte zu legen. Bald starrten wir auf die magere Ausbeute unseres letzten Hab und Guts.

Vom Trinkwasser war nur eine halb gefüllte Dose übrig.

Zu essen hatten wir drei Proteinriegel aus der Notfalltasche sowie einige Lebensmittel, die wir in der Nacht, als die *Galaxy* unterging, aus dem Meer gefischt hatten: vier Packungen Kekse, zwei Tüten mit Cornflakes, drei Äpfel und die Reste einer Schachtel mit Erdnussbutter-Crackern, die Geri kurz vor dem Sprung vom Schiff in ihren Rucksack befördert hatte.

Als Überlebensausrüstung besaßen wir zwei ebenfalls aus der Notfalltasche stammende Paddel, eine Taschenlampe, eine Wurfleine, ein Messer, eine kleine Pumpe, einen Schöpfeimer, eine Leuchtpistole, drei Leuchtfackeln, ein Fernglas und mehrere Reparatur-Sets, um Löcher im Schlauchboot zu flicken. Außerdem eine Pille gegen Seekrankheit. Die anderen hatten wir schon an unseren ersten beiden Tagen geschluckt.

Aus Geris Rucksack kamen eine Verbandstasche hinzu, eine kleine Tube mit Aloe-Vera-Creme, einige T-Shirts und Shorts, eine Schere, eine Sonnenbrille, ihr kleiner Handventilator und ein Schlapphut.

Darüber hinaus waren da noch die Gegenstände, die wir zufällig aus den Wellen gefischt hatten: ein Tablett, ein Tennisball, ein Sitzkissen, eine Yoga-Matte, ein Kunststoffbehälter mit Stiften und Notizbüchern – weshalb ich dir jetzt schreiben kann – sowie ein Automagazin, das, wiewohl etliche Male durchnässt und wieder getrocknet, von fast jedem im Boot gelesen wurde. Es erinnert uns an die Welt, die wir zurückgelassen haben.

Und schließlich hatten wir noch die Kleidungsstücke, die wir bei der Flucht vom untergehenden

Schiff am Leib trugen: lange Hosen, Hemden, Mrs Lagharis blaues Kleid. Vielleicht wird sich der Stoff noch als nützlich erweisen.

Niemand verlor viele Worte, während ich alles in meinem Notizbuch vermerkte. Wir wussten, dass Nahrung und Wasser nur mehr für kurze Zeit ausreichen würden. Mehrmals haben wir versucht, Fische zu fangen – sie mit einem Knüppel zu schlagen oder an den Seiten des Bootes zu ergreifen –, doch ohne Haken besteht kaum Aussicht auf Erfolg. Es ist mir schleierhaft, warum sich in der Notfalltasche keine befanden. Geri meinte, alles hinge davon ab, wer die Tasche packt.

Lambert, der einen flüchtigen Blick auf die paar Habseligkeiten warf, platzte plötzlich heraus: »Könnt ihr euch vorstellen, um wie viel mein Fonds letztes Jahr zugelegt hat?«

Niemand gab Antwort. Jedem war es egal.

»Acht Milliarden!«, sagte er trotzdem.

»Was ändert dein Geld an der jetzigen Situation?«, fragte Nina.

»Es ändert alles«, erwiderte Lambert. »Mein Geld wird dafür sorgen, dass man weiterhin nach uns sucht. Und durch mein Geld werde ich schließlich demjenigen auf die Spur kommen, der die *Galaxy* zerstört hat. Selbst wenn es bis ans Ende meiner Tage dauert – ich werde die Bestie, die mir das angetan hat, zur Strecke bringen.«

»Wovon redest du, Jason?«, warf Mrs Laghari ein. »Niemand weiß, was auf dem Schiff vorgefallen ist.«

»*Ich* weiß es!«, brüllte Lambert. »Diese Jacht war von Spitzenqualität. Noch das kleinste Detail wurde sorgsam instand gehalten. Unmöglich, dass sie von allein sinkt. Jemand hat Sabotage begangen!«

Er kratzte sich am Kopf und betrachtete seine Finger. »Vielleicht haben sie versucht, mich umzubringen«, murmelte er. »Nun, haha, ihr Mistkerle, ich bin nach wie vor am Leben.«

Er richtete den Blick auf mich, aber ich wich ihm aus. Ich dachte an Dobby – und daran, wie sehr wir beide diesen Mann hassten.

Lambert wandte sich dem Herrn zu, der lächelte.

»Warum grinst du so, Bugs Bunny?«

Der Herr schwieg.

»Was soll's, wenn du tatsächlich Gott bist – ich habe nie nach dir gerufen. Kein einziges Mal. Nicht mal im Wasser.«

»Und doch höre ich weiterhin zu«, erklärte der Herr.

»Sei still, Jason!«, zischte Nina.

Er starrte sie wütend an. »Wie hast du's denn auf meine Jacht geschafft? Was machst du überhaupt?«

»Ich style die Haare der Gäste.«

»Oh, richtig«, sagte Lambert. »Und du, Jean Philippe, treibst dich in der Küche herum, stimmt's?«

Jean Philippe nickte.

»Und du, Schreiberling. Benji. Wie kommt's, dass ich nicht weiß, wofür ich dich eigentlich bezahle?«

Ich spürte, dass er mich ansah. Mein Inneres war

in Aufruhr. Fünf Monate lang hatte ich auf der *Galaxy* gearbeitet. Und er hatte noch immer keine Ahnung, wer ich bin. Aber ich kannte ihn.

»Deckhelfer«, sagte ich.

Lambert knurrte. »Ein Deckhelfer, eine Friseuse und ein Koch. Echt nützlich hier draußen.«

»Lass gut sein, Jason«, beschwichtigte Geri. »Benji, hast du schon alles notiert?«

»Fast«, gab ich zur Antwort.

»Ich muss jetzt mal was loswerden«, platzte Nina heraus. »Falls etwas Schlimmes passiert« – sie deutete auf Lambert –, »dann wegen ihm!«

»Geeenau, ich werde an allem schuld sein«, erwiderte er. »Allerdings, hey, schaut euch doch um, es passiert rein gar nichts. Na ja.«

In dem Moment fiel mir auf, dass der Herr seine Hand an der Seite des Bootes ins Wasser tauchte. Das fand ich seltsam.

Kurz darauf wurde der Gummiboden durch einen dumpfen Schlag erschüttert, so als wollte etwas ihn von unten gewaltsam durchstoßen.

»Haie!«, schrie Geri.

Noch ehe wir das Wort verarbeiten konnten, erfolgte der nächste Aufprall. Plötzlich schoss das Boot vorwärts, und wir alle stürzten übereinander. Ein paar Sekunden später stoppte es abrupt, nur um dann nach links abzudrehen und erneut geradeaus zu rasen.

»Sie schleifen uns durchs Wasser!«, brüllte Geri. »Festhalten!«

Jeder griff nach den Halteseilen. Das Boot nahm weiter Fahrt auf. Als Nächstes hob sich dessen vordere Hälfte, und ich erblickte die grau-weiße Haut eines riesigen Fisches, der es vermutlich umkippen wollte. Geri, Nevin und Jean Philippe taumelten nach vorn, die Waren auf dem Boden wurden zerstreut, einige davon ins Meer gespült.

»Rettet das Zeug!«, rief Lambert. Ich riss die Leuchtpistole und den Schöpfeimer an mich, sah, wie Mrs Laghari aufstand, um das Fernglas zurückzuholen, das sich erst in den Falten ihres blauen Kleids verfangen hatte und dann ins Wasser gefallen war. Das Boot schwankte heftig hin und her, sie verlor das Gleichgewicht und stürzte über Bord.

»Oh, mein Gott!«, brüllte Nina. »Zieht sie herein!«

Ich kroch zum Rand, aber Mrs Laghari war knapp außerhalb meiner Reichweite, ruderte mit den Armen und spuckte Wasser. Offenbar war sie zu geschockt, um zu schreien.

»Halt still!«, rief Geri. »Damit wir dich zu fassen kriegen! Beweg dich nicht!« Sie schnappte sich das Paddel, zog es durch die Wellen, um der Ertrinkenden näher zu kommen, deren Arme weiterhin auf die Wasseroberfläche schlugen.

»Pack sie JETZT, Benji!«, schrie Geri. Mit ausgestreckten Armen lehnte ich mich vornüber, doch bevor ich Mrs Laghari auch nur berühren konnte, verschwand sie in der aufsprühenden Gischt, so als wäre sie von einem Wurfgeschoss getroffen worden.

Entsetzt wich ich zurück. Bis zu diesem Moment kann ich das schreckliche Bild nicht aus meinem Gedächtnis verbannen, Annabelle. Sie ist einfach seitwärts vorbeigetrieben und untergegangen.

»Wo ist sie?«, brüllte Nina.

Geri drehte sich nach links und rechts. »Oh nein, nein, nein …«

Wir sahen, wie sich auf dem Wasser eine rote Blutlache ausbreitete.

Mrs Laghari bekamen wir nicht wieder zu Gesicht.

Ich fiel auf den Boden, rang nach Luft, konnte nicht mehr atmen, mich nicht von der Stelle rühren. Da erhaschte ich einen Blick des Herrn, der die kleine Alice in seine Arme geschlossen hatte. Er wandte sich mir zu, und es schien, als würde er direkt durch mich hindurchsehen.

VIER

Land

Mit leicht verdrehtem Oberkörper saß LeFleur am Steuer seines Wagens. Nach besten Kräften bemühte er sich, den unters Hemd gesteckten Plastikbeutel vor Rom zu verbergen, auch wenn der keinerlei Interesse an ihm zu zeigen schien. Starr blickte er durch das heruntergelassene Fenster, während der Fahrtwind sein welliges Haar aufwirbelte.

LeFleur hatte nur die ersten Abschnitte lesen können. Als er die Seite umzublättern versuchte, zerriss sie ihm zwischen den Fingern. Aus Angst, weiteren Schaden anzurichten, schob er das Notizbuch wieder in den Beutel. Aber schon jetzt hatte er genügend erfahren. Die Experten irrten sich. Tatsächlich hatten einige Passagiere den Untergang der *Galaxy* überlebt. Vorläufig war er der Einzige, der davon wusste.

Das Boot blieb am Strand zurück – es war zu groß, um in den Polizeijeep zu passen. Also verständigte er die Royal Defence Force und bat sie, es bis zum nächsten Tag zu bewachen, bis er einen Transporter dort hinschicken konnte. Die sogenannten Verteidigungskräfte setzten sich größtenteils aus Freiwilligen zusammen. Er hoffte, dass sie wussten, was zu tun war.

»Da vorne werden wir haltmachen«, kündigte LeFleur an, »um etwas zu essen, einverstanden?«

»Ja, Inspektor«, erwiderte Rom.

»Sie haben bestimmt Hunger, oder?«

»Ja, Inspektor.«

»Hören Sie, Sie können die Formalitäten ruhig weglassen. Hier wird nicht gegen Sie ermittelt.«

Diese Bemerkung veranlasste Rom, sich dem Mann neben ihm zuzuwenden.

»Keine Ermittlungen?«

»Nein. Sie haben das Boot ja einfach nur entdeckt und nichts damit angestellt.«

Rom schaute weg.

»In Ordnung?«, fragte LeFleur.

»Ja, Inspektor.«

Was für ein seltsamer Vogel, dachte LeFleur. Offenbar lockte die Nordküste zahlreiche Männer wie ihn an – ziemlich verwahrloste Herumtreiber, die nie in Eile waren. Sie rauchten viel, radelten durch die Gegend oder trugen Gitarren bei sich. LeFleur hielt sie oft für verlorene Seelen, die sich aus irgendeinem Grund auf Montserrat heimisch fühlten. Vielleicht deshalb, weil die Hälfte der Insel selbst verloren war, begraben unter Vulkanasche.

Sie fuhren vor die Terrasse eines Restaurants, das zu einem kleinen Motel gehörte. LeFleur deutete auf einen Tisch und bat Rom, diesen zu nehmen.

»Ich werde mich nach einer Toilette umsehen«, sagte er. »Bestellen Sie, was immer Sie möchten.«

An der Rezeption im Innenbereich betätigte er die Klingel. Aus dem Hintergrund trat eine Frau in mittleren Jahren, der das schwarze Haar über die Stirn fiel.

»Was kann ich für Sie tun?«

»Folgendes«, sagte LeFleur mit gedämpfter Stimme. »Ich brauche ein Zimmer, etwa für eine Stunde.«

Die Frau ließ den Blick schweifen.

»Nur für mich«, seufzte LeFleur.

Sie legte ihm ein Anmeldeformular vor.

»Füllen Sie das aus.«

»Ich zahle bar.«

Sie räumte das Formular weg.

»Und haben Sie Küchenpapier?«

Wenige Minuten später stand LeFleur in einem schlichten Zimmer mit Doppelbett, Schreibtisch, Lampe, Bodenventilator und ein paar Magazinen auf einem Minikühlschrank. Er ging ins Badezimmer, ließ Wasser in die Wanne laufen und nahm das Notizbuch aus dem Plastikbeutel. Vorsichtig zog er es durch den Wasserstrahl, nur einmal, um den Schmutz zu entfernen und das Salz aufzulösen, das die Seiten miteinander verklebte. Anschließend legte er es auf ein Papiertuch und tupfte es mit einem weiteren trocken.

Zwischen die Seiten schob er Papiertücher und drückte sie zusammen. Bald darauf konnte er den Einband aufklappen und den einleitenden Satz noch einmal lesen:

Als wir ihn aus dem Wasser zogen, hatte er keine Schramme. Das war das Erste, was mir auffiel. Wir anderen waren übersät mit Schnittwunden und Blutergüssen, doch er schien unversehrt …

Wer war dieser Fremde?, fragte sich LeFleur. Er blickte kurz auf seine Armbanduhr und merkte, wie lang Rom schon gewartet hatte. Eines konnte er überhaupt nicht gebrauchen, nämlich dass der Typ misstrauisch wurde.

Er stellte das Notizbuch aufrecht auf den Schreibtisch und zog den Bodenventilator heran, um die Seiten schneller zu trocknen. Dann verließ er eilig das Zimmer und schloss die Tür hinter sich ab.

Auf der Terrasse sah er Rom an dem Ecktisch sitzen mit einem Glas Eiswasser vor sich.

»Haben Sie gefunden, was Sie gesucht haben, Inspektor?«

LeFleur schluckte. »Was?«

»Die Toilette?«

»Oh ja, hab ich gefunden.«

Er griff nach der Speisekarte. »Essen wir jetzt.«

Meer

Der Morgen dämmert, Annabelle. Ich habe kein Auge zugetan und auf genügend Sonnenlicht gewartet, um dir wieder zu schreiben. Der Tod von Mrs Laghari verfolgt mich weiterhin, und hier ist niemand, mit dem ich darüber sprechen könnte, jedenfalls nicht in der Weise, wie ich mit dir sprechen kann.

Ich habe über eine Begebenheit nachgedacht, an die ich mich jetzt lebhaft erinnere. Vor einigen Tagen war ich weggedöst, und als ich wieder wach wurde, sah ich, wie Mrs Laghari mit ihren Fingern Alices Haar kämmte. Das tat sie behutsam, ohne jede Hast, und die Kleine schien die menschliche Berührung zu genießen. Die alte Frau glättete den Pony, leckte sich dann die Fingerspitzen und fuhr damit über die Augenbrauen des Mädchens. Schließlich klopfte sie ihm auf die Schultern, wie um zu sagen: »Alles gut«, worauf Alice sich vorbeugte und sie umarmte.

Jetzt ist Mrs Laghari tot. Wir sind nur noch zu

neunt im Rettungsboot. Selbst während ich dies schreibe, kann ich es nicht glauben. Was geschieht mit uns?

~

Mir fällt ein, dass ich bisher nicht darüber geschrieben habe, wie Mrs Laghari, Alice oder eine der anderen Personen nachts beim Untergang der *Galaxy* ins Rettungsboot gelangt sind. Tatsächlich erinnere ich mich kaum daran. Nachdem ich mich selbst unter Aufbietung all meiner Kräfte an Bord gehievt hatte, war ich in einer Weise erschöpft, dass ich wohl ohnmächtig wurde. Als ich wieder zu mir kam, lag ich auf dem Rücken und spürte, wie jemand mein Gesicht berührte. Ich blinzelte und sah, dass eine Frau mit kurzem Haar mich anstarrte.

»Hast du die Seeanker gesetzt?«, fragte Geri.

Die Frage war ebenso surreal wie die Situation, ihr Gesicht, die Gesichter der Menschen hinter ihr, nur schwach erhellt durch das verschwommene Mondlicht. Ich erkannte Jean Philippe und Nina wieder, meine Arbeitskollegen. Die anderen waren so durchnässt und wirkten derart entsetzt, dass ich sie nicht einordnen konnte. Mit offen stehendem Mund drehte ich den Kopf, als würde ich auf ein Traumbild blicken.

»Die Seeanker?«, wiederholte sie.

Ich schüttelte den Kopf, worauf sie sich schnell wegbewegte. Ich beobachtete, wie sie die Notfalltasche durchstöberte, während die anderen halfen, mich aufzusetzen. Da wurde mir klar, dass wir zu acht waren: Yannis, Nevin, Mrs Laghari, Nina, Geri, Jean Philippe, Bernadette – die mit bandagiertem Kopf unter dem Verdeck lag – und ich.

Geri entdeckte die Seeanker, zwei kleine gelbe Fallschirme, die sie ins Wasser ließ und dann deren Leinen am Boot befestigte.

»Die werden unsere Fahrt verlangsamen, sodass man uns finden kann«, erklärte Geri. »Aber wir sind schon weit abgetrieben.«

Nina weinte. »Weiß überhaupt irgendjemand, dass wir hier draußen sind?«

»Von der Jacht wurden gewiss Notsignale gesendet. Wir brauchen bloß zu warten.«

»Warten auf was?«, fragte Mrs Laghari.

»Ein Flugzeug, einen Hubschrauber oder ein anderes Schiff«, erwiderte Geri. »Wir müssen wachsam bleiben und die Leuchtgeschosse benutzen, wenn wir etwas sehen.«

Sie empfahl, jene Kleidungsstücke auszuziehen, die mit kaltem Wasser vollgesogen waren, und gab Mrs. Laghari ein großes rosafarbenes T-Shirt aus dem Rucksack, den sie sich kurz vor Verlassen der *Galaxy* gegriffen hatte. Ich weiß noch, dass Mrs Laghari Nina bat, den Reißverschluss am Rücken ihres Kleides zu öffnen, und uns dann aufforderte, den Blick abzuwenden, während sie es mühevoll abstreifte. Sogar in einem Rettungsboot empfinden Menschen Scham.

Die Explosion hatte sich bei einer Abendgesellschaft ereignet, und der Anblick, wie wir uns nun in triefend nasser, eleganter Kleidung im Boot zusammendrängten, war eine bittere Erinnerung daran, wie wenig sich die natürliche Welt um unsere Pläne kümmert.

Danach schwiegen wir die meiste Zeit, starrten nur zum Himmel in der Hoffnung, ein näher kommendes Flugzeug zu sichten. Niemand von uns schlief. Einige beteten. Erst als der Himmel sich aufzuhellen begann, erspähten wir eine weitere Person. Geri hatte in der Notfalltasche eine Taschenlampe gefunden, und so schwenkten wir sie abwechselnd wie eine Signalleuchte. Etwa um fünf Uhr morgens hörten wir aus der Ferne ein Schreien.

»Dort«, sagte Geri, in die Richtung deutend, »ungefähr zwanzig Grad zu unserer Rechten.«

Im Strahl der Taschenlampe tauchte ein Mann auf, der sich an irgendein Treibgut klammerte. Als wir näher kamen, stellte ich fest, dass es sich dabei eigentlich um ein Stück vom Glasfaser-Rumpf der *Galaxy* handelte – und bei dem Mann um den Eigentümer der Jacht, Jason Lambert.

Ich fiel nach hinten und versuchte, tief Luft zu holen. *Nicht der!* Während die anderen sich abquälten, seinen fettleibigen Körper ins Boot zu ziehen, stieß er kehlige Stöhnlaute aus.

»Es ist Jason!«, schrie Mrs Laghari.

Er rollte zur Seite und übergab sich.

Geri wandte sich dem Horizont zu, der mit dem

heraufdämmernden Tageslicht deutlicher an Kontur gewann. »Jeder schaut aufmerksam nach da draußen! Das ist unsere beste Chance, um zu sehen, ob noch jemand überlebt hat!«

Als sie das Wort aussprach, traf es mich wie ein Glockenschlag. *Überlebt?* Wir waren also die *Überlebenden*? Niemand sonst? Nein. Das konnte ich nicht akzeptieren. Da mussten andere sein. In irgendeinem anderen Rettungsboot. Irgendwo anders in dieser aufgewühlten See. Ich dachte an Dobby. Was war mit ihm geschehen? Wohin war er entschwunden? War er für dieses Unglück verantwortlich?

Geri holte ein Fernglas aus ihrem Rucksack, und wir verteilten uns übers Boot, reichten es untereinander weiter. Auch ich kam an die Reihe. Durch diese Linsen erschien jede kleine Welle auf den ersten Blick wie etwas Lebendiges; man hätte schwören können, einen Delfin zu erkennen – oder ein Ausrüstungsteil, das in der Dünung aufblitzte. Dann erspähte ich einen rötlichen Fleck, und Rot ist keine Farbe, die man mit dem Ozean in Verbindung bringt.

»Ich glaube, ich sehe jemanden!«, rief ich.

Geri ergriff das Fernglas und bestätigte es. Sie entnahm ihrer Hosentasche ein feuchtes Stück Papier, riss eine kleine Ecke ab, warf den Schnipsel ins Wasser und lehnte sich nach vorn, um ihn zu beobachten.

»Was machst du?«, fragte Mrs Laghari.

»Die Strömungen«, erwiderte Geri. »Siehst du, wie dieses Stück Papier zum Boot zurückgetrieben wird?

Was immer da auf hoher See ist, kommt in unsere Richtung, wenn wir die jetzige Position beibehalten.«

Sie forderte uns auf, mit den Händen gegen die Drift zu paddeln. Ich beobachtete, wie die rötliche Gestalt immer näher rückte. Schließlich schrie Yannis, der gerade das Fernglas vor die Augen hielt: »Oh, mein Gott ... Es ist ein *Kind*!«

Wir hörten auf zu paddeln, um zu schauen. Dort, im Licht der aufgehenden Sonne, trieb ein kleines, vielleicht achtjähriges Mädchen, an einen Deckstuhl geklammert. Es trug ein rotes Kleid, sein hellbraunes Haar klebte nass am Kopf. Die Lider waren geöffnet, der Gesichtsausdruck jedoch leer, als würde es in aller Ruhe darauf warten, dass etwas Neues beginnt. Offenbar stand es unter Schock.

»Hey! Alles in Ordnung?«, riefen wir lauthals. »Hey!«

Dann – *platsch!* Geri sprang ins Wasser, schwamm bis zum Deckstuhl, dann wieder zurück, die Arme des Mädchens um ihren Hals geschlungen.

So haben wir Alice entdeckt.

Seither hat sie noch kein Wort gesagt.

~

Als die Sonne unterging und der Himmel eine bernsteinfarbene Tönung annahm, stand Geri auf und machte eine Ansage: »Hört mal alle her. Ich weiß, es ist schrecklich, was Mrs Laghari widerfahren ist.

Aber wir müssen uns neu ausrichten und auf das Überleben konzentrieren.«

Ich betrachtete den Herrn. Niemand hatte von mir etwas erfahren über seine Hand, die ins Wasser tauchte, oder den seltsamen Blick, den er auf mich richtete. Bilde ich mir das nur ein? War er in irgendeiner Weise verantwortlich für den Angriff der Haie? Welcher Gott würde dergleichen tun?

Jean Philippe sammelte ein, was von unseren Vorräten übrig war. Wir hatten das Fernglas verloren, die Sonnenbrille und – das Schlimmste überhaupt – einige Nahrungsmittel. Die Seeanker sind verschwunden. Die Haie haben ein Loch in das seitliche Schlauchmaterial am Boden gerissen, wodurch sich das Rettungsboot nach unten neigt und immer wieder Wasser hereinspritzt. Einer von uns muss es ständig ausschöpfen. Geri versucht herauszufinden, wie das Loch geflickt werden kann, aber dazu muss man sich vielleicht unter das Boot begeben. Kurz nach dem Unglück will das jedoch niemand tun.

»Von jetzt an müsst ihr, wenn Haie sich nähern, diese hier benutzen«, sagte Geri und hielt eines der Paddel hoch. »Damit schlagt ihr ihnen auf die Schnauze. Knallhart.«

»Macht sie das nicht wütend?«, fragte Yannis.

»Haie werden nicht wütend. Sie greifen nur an, wenn sie etwas riechen oder spüren …«

»Hört auf! Es reicht!«, schrie Nina. »Wir müssen etwas über Mrs Laghari sagen! Wir können nicht darüber reden, was als Nächstes passiert, ohne uns von ihr zu *verabschieden*! Was ist nur mit uns los?«

Alle verstummten. Tatsächlich hat niemand von uns Mrs Laghari gut gekannt. Wir kennen niemanden wirklich gut. Aufgrund unserer Gespräche auf der *Galaxy* wusste ich, dass sie aus Indien stammte, zwei Kinder hatte und in der Kosmetikbranche arbeitete.

»Ich mochte sie«, sagte ich schließlich ohne besonderen Anlass. Daraufhin erklärten die anderen, sie hätten Mrs Laghari ebenfalls gemocht. Yannis ahmte ihren Akzent nach, und einige von uns kicherten. Das schien unangebracht, fühlte sich aber besser an als Weinen. Vielleicht verdeutlichen wir uns nach dem Tod eines Menschen gerade durch ein befreiendes Lachen, dass er weiterhin irgendwie lebendig ist. Oder dass wir selbst es sind.

»Sage uns, dass sie nun an einem besseren Ort ist«, flehte Nina den Fremden an.

»Das ist sie«, bestätigte er.

Geri strich sich durchs Haar. Sie spähte zu Nevin, dessen Kopf sich auf und ab bewegte, als würde er gegen den Schlaf ankämpfen.

»Nevin? Möchtest du etwas hinzufügen?«

Er blinzelte heftig. »Was? ... Oh ... ja ... Sie war reizend.« Seufzend rieb er sich den verletzten Oberschenkel. »Entschuldigt bitte. Leider bin ich keine große Hilfe.«

Nevins Verletzungen sind inzwischen besorgniserregend. Sein Knöchel steht entsetzlich schief, seit er auf dem Deck der untergehenden *Galaxy* über einen Kasten stolperte. Die Wunde am Oberschenkel, den er sich beim Sturz aufgeschlitzt hat, sieht schlimm aus und schließt sich nicht. Im Lauf der Tage hat sie sich dunkelrot verfärbt und strömt einen üblen Geruch aus. Geri meint, ein kleines Metallstück könnte drinstecken und eine Entzündung hervorgerufen haben. Wenn dem so ist, können wir nichts tun. Nicht für ihn. Wie wir auch weder für Mrs Laghari noch für Bernadette etwas tun konnten. Es gibt nichts, befürchte ich, was wir in solchen Angelegenheiten tun können – außer beten und auf das Sterben warten.

Nachrichten

MODERATOR: *Heute Abend setzt Tyler Brewer seine Reihe über die Opfer fort, die seit dem mysteriösen Untergang der* Galaxy *auf See verschollen sind. In der zehnten Folge porträtiert er einen britischen Medienmanager, der das Erscheinungsbild des Fernsehens nachhaltig verändert hat.*

REPORTER: *Danke, Jim. Als Amerikaner mag einem der Name Nevin Campbell unbekannt sein, aber in Großbritannien gibt es kaum eine beliebte Fernsehsendung, die nicht seine Handschrift trägt. Nachdem er sich bei der* BBC *hochgearbeitet hatte, startete er seinen eigenen Streaming-Dienst* Meteor, *der heute mehr britische Abonnenten hat als irgendein anderer.*

In der Frühphase von Meteor *scheute Nevin Campbell kein Risiko und nahm hohe Kredite auf, um teure Produktionen wie* The Hill, Cleopatra *und* Do You Know Sherlock Holmes? *zu finanzieren. Als einmal sein Haus mit einer dreifachen Hypothek belastet war, fuhr er auf dem Fahrrad durch London, weil er sich kein Auto leisten konnte. Aber die Sendungen, auf die er alles setzte, wurden zu Blockbustern und machten Campbell schließlich zu einer der erfolgreichsten Medienpersönlichkeiten in Großbritannien.*

Kurz vor seinem allzu frühen Tod bezeichnete ihn die Londoner Times *als »einen Königsmacher, der den größten Mogulen Hollywoods ebenbürtig ist. Wenn er Ihre Produktion absegnet, werden Sie wahrscheinlich ein Vermögen machen. Wenn er Sie für eine Rolle auswählt, werden Sie zum Star.«*

Nevin Campbell wurde in eine mustergültige Familie geboren. Sein Vater war der bekannte Literaturagent Sir David Campbell, seine Mutter eine Juraprofessorin an der Cambridge University.

Er war fast zwei Meter groß und während seines Studiums ein ausgezeichneter Stabhochspringer. Einmal träumte er davon, England bei den Olympischen Spielen zu vertreten, aber im Finale der Ausscheidungswettkämpfe verfehlte er dieses Ziel als Viertplatzierter denkbar knapp. Jahre später teilte er CNN *mit: »Ich habe mir geschworen, dass ich nie wieder unter der Bestmarke bleiben werde.«*

Nevin Campbell war sechsundfünfzig Jahre alt, als Jason Lambert ihn zu der Reise mit dem Motto Die Großartige Idee *einlud. Lambert hatte Campbell im Zuge eines geschäftlichen Deals kennengelernt, der es ihnen ermöglichte,* Meteor *an den Start zu bringen. Kurz bevor die verhängnisvolle Reise begann, wurde der Medienmanager auf dem Deck der* Galaxy *interviewt.*

NEVIN CAMPBELL: *»Ich weiß, Jason behauptet, wir seien hier, um die Welt zu verändern, aber ich fürchte, das ist für mich ein bisschen zu abgehoben. Ich werde mich freuen, den Reden der anderen zuzuhören, ein paar Dinge zu lernen, vielleicht in der Sonne zu liegen und etwas Farbe zu bekommen. Meine Kollegen meinen, wegen meiner unermüdlichen Arbeit sei ich einfach zu blass.«*

REPORTER: *Campbell und seine Frau Felicity ließen sich 2012 scheiden. Sie haben drei Kinder. Zum Zeitpunkt seines Todes war er mit der britischen Schauspielerin Noelle Simpson verlobt. Sie hat auf Instagram eine Nachricht gepostet, in der sie der Öffentlichkeit für die zahlreichen Beileidsbekundungen dankte und die Medien bat, während dieser schwierigen Zeit ihre Privatsphäre zu respektieren.*

Meer

Wir haben unseren zehnten Tag auf hoher See überstanden, meine Liebe. Das ist dem Schicksal geschuldet, dem blinden Zufall oder dem Herrn im Boot. Ehrlich gesagt weiß ich nicht mehr, was ich davon halten soll.

Der gestrige Tag war eine weitere Prüfung. Morgens saßen wir die meiste Zeit schweigsam da und hörten die Wellen aufspritzen. Niemand von uns wollte zur Sprache bringen, was offensichtlich war.

Schließlich ergriff Yannis das Wort.

»Wie werden wir am Leben bleiben?«, fragte er, »ohne Wasser?«

Allein schon die Erwähnung von Wasser machte mich durstig. Ich habe dir nicht über den Durst geschrieben, Annabelle, denn je weniger ich mich darauf konzentriere, desto besser. Doch er ist ein starkes Bedürfnis. Man denkt erst daran, wenn er nicht gestillt werden kann, und dann zehrt dieser Gedanke einen förmlich aus. Die Lippen lechzen nach Feuchtigkeit. Die Kehle fühlt sich so trocken wie Holz an. Ich versuche, auf meiner Zunge Speichel zu produzieren, indem ich über Getränke fantasiere, Coca-Cola mit Eiswürfeln – oder kühles Bier, das bis an den Rand eines hohen Glases reicht. Die Vorstellung ist derart real, dass ich die Flüssigkeit über meine Zähne rinnen spüre. Aber das macht mich nur noch durstiger. Es ist ein Leiden ohnegleichen, das vorenthalten zu bekommen, wonach der Körper sich am meisten sehnt. Die ganze Aufmerksamkeit richtet sich nur auf einen Gedanken: Wie kann ich es mir beschaffen?

»Was ist mit diesem Solardestillator?«, fragte ich Geri.

»Er hat ein Leck«, erwiderte sie kopfschüttelnd. »Sobald ich es flicke, platzt es wieder auf.«

Nina wandte sich dem Herrn zu. Er strich gerade über die dunklen Barthaare an seinem Kinn.

»Kannst du nicht etwas tun?«, flehte Nina. »Ich weiß: Du willst, dass jeder zuerst an dich glaubt. Aber siehst du nicht, wie besorgt wir sind?«

Er blinzelte in die Sonne.

»Die Sorge bereitet ihr euch selbst.«

»Warum sollten wir uns die Sorge selbst bereiten?«

»Um eine Leere auszufüllen.«

»Eine Leere in Bezug auf was?«

»Glauben.«

Nina näherte sich dem Mann. Sie streckte die

Hände aus und sagte: »Ich glaube.« Jean Philippe rutschte herbei und legte seine Hände auf ihre. »Ich glaube ebenfalls.« Die kleine Alice blickte kurz auf. Vielleicht wären sie dann zu dritt. Ich spürte, wie sich plötzlich eine Trennung im Boot vollzog, als würden wir aufgrund unserer Glaubensvorstellungen eingeordnet. Vermutlich, so dachte ich, werden in vielen Teilen der Welt die Menschen auf dieselbe Weise voneinander geschieden.

»Bitte hilf uns«, flüsterte Nina. »Wir sind so durstig.«

Der Mann richtete seinen Blick nur auf Alice. Dann schloss er die Augen und lehnte sich zurück. Offenbar wollte er ein Nickerchen halten. Was war das für eine Reaktion, Annabelle? Wie ich immer wieder sage: Er macht einen wahnsinnig.

Doch während er schlief, veränderte sich allmählich der Himmel. Ein Band weißer Wolken wuchs zu großen Haufen an, und diese wurden grau und dicht. Bald verdeckten sie die Sonne.

Einige Minuten später fielen Regentropfen herab. Zuerst langsam, dann schwerer. Ich sah, wie Lambert mit weit geöffnetem Mund den Kopf neigte und die Tröpfchen schluckte. Nevin keuchte: »Träume ich? Oder passiert das wirklich?« Yannis riss sich das Hemd vom Leib, Jean Philippe ebenso, und beide rieben das Süßwasser über ihre salzverkrustete Haut. Als sich der feine Niederschlag in einen Sturzregen verwandelte, hörte ich Nina laut auflachen.

»Nehmt alles, mit dem man Wasser sammeln kann!«, rief Geri.

Ich fand den Kunststoffbehälter für das Notizbuch und warf den Inhalt unter das Verdeck. Dann beeilte ich mich, damit die Regentropfen einzufangen. Geri tat das Gleiche mit dem Schöpfeimer. Jean Philippe hielt zwei leere Dosen in die Höhe und ließ das frische Nass hineinspritzen.

»Danke!«, schrie er zum Himmel. »Oh, ich danke dir, guter Gott!«

Der Schauer versetzte uns in eine derart euphorische Stimmung, dass wir gar nicht merkten, wie viel Wasser sich am Boden des Bootes ansammelte. Bei einer kurzen Bewegung rutschte ich aus, worauf das Wasser aus dem Behälter überallhin verschüttet wurde.

»Verdammt noch mal, Benji!«, brüllte Yannis. »Steh auf! Füll ihn noch mal!«

Lamberts Mund stand immer noch offen wie ein Fischmaul, während Nevin, auf dem Rücken liegend, das Tablett auf seine untere Zahnreihe ausgerichtet hatte und auf diese Weise Regenwasser in den Mund leitete. Alice, von Kopf bis Fuß durchnässt, lächelte selig.

Doch ebenso schnell, wie der heftige Regen eingesetzt hatte, hörte er auf. Die Wolken teilten sich, und die Sonne brannte wieder herab.

Ich betrachtete den Plastikbehälter, der infolge meines Sturzes fast leer war. Daraufhin wandte ich mich dem Herrn zu, der inzwischen wach war und uns beobachtete.

»Lass es weiterregnen!«, schrie ich.

»Du meinst also, ich hätte diesen Schauer ausgelöst?«, fragte er.

Das traf mich unvorbereitet. Ich schaute auf den leeren Behälter und erwiderte dann: »Falls du's getan hast, war's nicht genug.«

»War nicht ein Regentropfen genug, um zu beweisen, wer ich bin?«

»Mach einfach weiter!«, rief Yannis. »Gib uns mehr Wasser!«

Der Herr blickte auf zu den abziehenden Wolken.

»Nein«, sagte er.

FÜNF

Meer

Zwölfter Tag. Das Wasser vom Regenschauer wird uns ein paar zusätzliche Tage gewähren, wenn wir die Rationen richtig einteilen. Yannis wollte auch das Wasser vom Boden sammeln, doch Geri lehnte ab, denn wir wüssten nicht, wie viel Meerwasser sich damit vermischt hatte. Wir dürfen kein Risiko eingehen. Salzwasser zu trinken, ist potenziell tödlich. Es führt zu Muskelkrämpfen, Verwirrungszuständen und insbesondere Dehydrierung. Wie seltsam, Annabelle. So viel Wasser überall, und kein Tropfen davon trinkbar.

Außerdem ist uns ein weiteres Missgeschick widerfahren. Vor einer Stunde gab der kleine Handventilator seinen Geist auf. Geri hatte ihn der kleinen Alice vors Gesicht gehalten, als die Rotorblätter plötzlich stehen blieben. Die meisten von uns beobachteten die Szene, und einige stöhnten – am lautesten Lambert.

»Du hast die Batterien vergeudet!«, rief er.

»Sei still, Jason!«, erwiderte Yannis.

Früher am Morgen saßen Geri, Yannis, Nina, Lambert und ich außerhalb des Verdecks, während der Herr darunter schlief. Lange halten wir uns dort nicht auf, denn die Sonne brennt gnadenlos herab. Aber wir wollten miteinander reden, ohne dass er uns hören konnte.

»Glaubst du, dass er für diesen Regen verantwortlich war?«, flüsterte Yannis.

»Sei nicht albern«, blaffte Lambert.

»Wir wissen immer noch nicht, wie er im Meer überlebt hat«, warf Geri ein.

»Er hatte Glück. Na und?«

»Er wird hungrig und durstig, genau wie wir«, sagte ich.

»Und er schläft«, fügte Yannis hinzu. »Warum sollte Gott schlafen?«

»Was aber geschah mit Bernadette?«, fragte Nina.

»Das ist schwer zu erklären«, räumte Yannis ein.

»Nein, ist es nicht«, entgegnete Lambert. »Was hat er denn schon gemacht?«

»Er hat sie wieder zum Leben erweckt.«

»Das weißt du nicht. Sie könnte auch von allein aufgewacht sein.«

»Sie starb einen Tag später«, gab Geri zu bedenken.

»Stimmt«, bestätigte Lambert. »Ist das vielleicht ein Wunder?«

»Der Regen könnte auch Zufall sein«, meinte Yannis.

»Wie kommt's dann, dass es vorher nicht geregnet hat?«, fragte Nina.

»Aber weshalb sollte Gott den Regen stoppen, wenn wir ihn am meisten brauchen?«, merkte ich an.

»Lies das Alte Testament«, spöttelte Lambert. »Gott ist launisch, gemein und rachsüchtig. Ein weiterer Grund, warum ich mich nie für Religion interessiert habe.«

»Du hast das Alte Testament gelesen?«, fragte Geri.

»So viel, dass es reicht«, murmelte Lambert.

Jean Philippe kroch unter dem Verdeck hervor, also beendeten wir unser Gespräch. Er möge in Bezug auf den Tod seiner Frau glauben, was ihm angemessen erscheint. Das sollten wir respektieren.

Mittlerweile befürchte ich, dass es Nevin zunehmend schlechter geht. Er sieht ziemlich blass aus, und trotz unserer besten Bemühungen ist sein wundes Bein nur noch schlimmer geworden. Vor einer Stunde, als ich anfing, dir zu schreiben, hörte ich ihn meinen Namen rufen. Sein Mund war mit Blasen bedeckt und seine Stimme stockend.

»Benji ...«, krächzte er und winkte mit zwei Fingern. »Kannst du ... kurz herkommen?«

»Was ist los, Nevin?«, fragte ich.

»Benji ... ich habe drei Kinder ...«

»Das ist gut.«

»Ich ... ich sehe, dass du in dein ... äh ... Notizbuch schreibst. Könntest du ... eine Nachricht für sie notieren ... von mir, meine ich?«

Ich blickte auf den Stift in meiner Hand und antwortete: »Selbstverständlich.«

»Es ist nämlich so … Ich habe mit ihnen … nicht die Zeit verbracht … die ich ihnen hätte widmen sollen …«

»Ist schon in Ordnung, Nevin. Das wirst du nachholen.«

Er ächzte und zwang sich zu einem kurzen Lächeln. Offensichtlich glaubte er mir nicht.

»Mein Jüngster … Alexander … er ist … ein guter Junge … ein bisschen scheu …«

»Ja …«

»So groß wie ich … Hat eine nette Frau geheiratet, eine … eine Geschichtslehrerin … glaube ich …«

Seine Stimme wurde schwächer. Er drehte die Augen von mir weg.

»Mach weiter, Nevin. Was soll ich schreiben?«

»Ich hab ihre Hochzeit verpasst«, keuchte er. »Geschäftstermin …«

Er wandte mir den Blick wieder zu, als würde er mich anflehen.

»Mein jüngstes Kind … Ich … hab ihm gesagt … das sei nicht zu ändern …« Seine rechte Hand fiel schlaff über seine Brust. »Es wäre zu ändern gewesen.«

Erneut fragte ich, was er mir diktieren wolle, obwohl ich es schon wusste. Er blinzelte.

»Es tut mir leid«, sagte er.

Land

Mit leisen Schritten betrat LeFleur sein Haus. Die Sonne war bereits untergegangen. Das Notizbuch hatte er sorgfältig in einer Aktenmappe verstaut, die er unter dem Arm trug.

»Jarty? Wo bist du gewesen?«

Patrice kam aufgeregt aus der Küche gelaufen. Sie trug Jeans und ein lindgrünes T-Shirt, das ihre hagere Gestalt lose umhüllte. Ihre Füße waren nackt.

»Tut mir leid.«

»Du hast heute Morgen das Haus verlassen und den ganzen Tag nicht angerufen.«

»Du hast recht.«

»Was ist passiert?«

»Nichts. Irgendwelches Treibgut ist an die Nordküste gespült worden. Ich musste hochfahren und die Sache überprüfen.«

»Trotzdem hättest du anrufen können.«

»Du hast recht.«

Sie hielt inne, betrachtete ihn. Kratzte sich am Ellbogen. »Und? Was Interessantes?«

»Nicht wirklich.«

»Das Abendessen steht bereit.«

»Bin müde.«

»Ich habe das alles zubereitet.«

»Okay, okay.«

Eine Stunde später, nach dem Essen, sagte LeFleur, er wolle das Fußballspiel anschauen. Patrice verdrehte die Augen. Er wusste, dass sie dies tun würde, und erinnerte sich an eine Zeit, als sie freundlicher zueinander waren, die Höflichkeit der Liebe ihren Umgang miteinander bestimmte. Doch die war ihnen im tiefen Unglück nach Lillys Tod abhandengekommen.

»Ich geh dann nach oben«, sagte Patrice.

»Wird nicht lange dauern.«

»Alles in Ordnung, Jarty?«

»Keine Sorge.«

»Bist du sicher?«

»Ja. Falls das Spiel langweilig ist, seh ich mir's nicht in voller Länge an.«

Ohne Erwiderung drehte sie sich um und stieg die Treppe hinauf. LeFleur schlenderte ins hintere Zimmer, schaltete das Fernsehgerät ein und zog das Notizbuch vorsichtig aus der Aktenmappe. Er wusste, dass jede seiner Handlungen verkehrt war: das Notizbuch aus dem Rettungsboot entfernen; die höheren Dienststellen nicht verständigen; Patrice belügen. So als wäre er versehentlich in einen Kaninchenbau gestolpert und könnte nichts dagegen tun, immer tiefer zu fallen. Aber ein Teil seiner selbst trieb ihn weiter an, den nächsten Schritt zu unternehmen, die Geheimnisse dieser Angelegenheit zu erfahren, die unerwartet in sein Leben gerückt war.

Noch einmal las er die Botschaft auf der Innenseite des Einbands:

Für wen auch immer, der das hier findet –
Es ist niemand mehr da. Vergib mir meine Sünden.
Ich liebe dich, Annabelle DeChapl –

Wer war Annabelle? Hatte der Verfasser geglaubt, das Notizbuch würde den Weg zu ihr finden? Und welche Zeitspanne umfassten diese Seiten? Hielt er ein paar Tage durch, um dann dem Meer zu unterliegen? Oder länger? Wochen? Monate gar?

Plötzlich klingelte das Telefon, und LeFleur sprang hoch wie ein auf frischer Tat ertappter Dieb.

Er blickte auf seine Uhr. Halb zehn an einem Sonntagabend?

»Hallo?«, sagte er zögerlich.

»Ist das Inspektor LeFleur?«

»Wer spricht da?«

»Mein Name ist Arthur Kirsh. Ich arbeite beim *Miami Herald* und will nur etwas überprüfen.«

LeFleur nahm sich einen Moment, um zu antworten.

»Worum geht es?«

»Können Sie bestätigen, dass ein Rettungsboot von der Jacht *Galaxy* auf Montserrat entdeckt wurde? Haben Sie ein solches Boot gefunden?«

LeFleur schluckte mühsam. Er starrte auf das Notizbuch in seinem Schoß.

Und legte auf.

Meer

Nevin ist tot.

Gestern wurde er gespenstisch blass und verlor immer wieder das Bewusstsein. Er konnte keinen Bissen zu sich nehmen. Manchmal stöhnte er so laut, dass einige von uns sich die Ohren zuhielten.

»Irgendwas ist in seine Wunde gekommen«, flüsterte Geri. »Ein Metallsplitter oder sonst irgendwas von dem Gegenstand, an dem er sich die klaffende Wunde zugezogen hat. Die Entzündung kann nicht heilen. Wenn dann die Blutvergiftung einsetzt …«

»Was?«, äußerte ich zaghaft.

»Er wird sterben?«, fragte Jean Philippe.

Geri senkte den Blick. Wir wussten, dass dies so viel bedeutete wie »Ja«.

Die kleine Alice war die Erste, die ihn entdeckte. Kurz nach Sonnenaufgang zog sie an meinem T-Shirt. Ich dachte, Nevin würde schlafen. Aber als sie seine Hand hob, fiel die schlaff nach unten. Arme Alice.

Kein Kind sollte mit ansehen müssen, was auf dem Boot passiert ist. Es ist nicht verwunderlich, dass sie kein Wort über die Lippen bringt.

Wir hielten eine kurze Zeremonie ab. Nina sprach ein Gebet. Wir saßen still da, versuchten gemeinsam, eine bruchstückhafte Totenrede zu formulieren. Schließlich meinte Lambert: »Er war ein verdammt erfolgreicher Produzent.«

Der Herr ging auf die Knie. »Gewiss lässt sich mehr als das über ihn sagen.« Im weißen Anzughemd, das Yannis getragen hatte, als die *Galaxy* im Meer versank, sah er uns alle der Reihe nach an.

»Nevin hatte drei Kinder«, erklärte ich. »Er wollte ein guter Vater sein.«

»Er hatte eine schöne Singstimme«, fügte Yannis hinzu. »Erinnert ihr euch, als er *Sloop John B.* zum Besten gab?«

»Hat er andere geliebt?«, fragte der Herr. »Hat er sich um die Armen gekümmert? War er bescheiden in seinen Handlungen? Hat er mich geliebt?«

Lambert verzog das Gesicht.

»Etwas mehr Respekt«, sagte er. »Der Mann ist tot.«

~

Letzte Nacht hatte ich einen Traum. Ich schlief im Rettungsboot, als ein Geräusch mich weckte. Ich blickte auf, und der Horizont war verdeckt durch einen riesigen Ozeandampfer. Sein Rumpf, übersät mit Bullaugen, war imposant, ein Deck nach dem anderen voll winkender Menschen – vergleichbar mit jenen, die um die Jahrhundertwende in den Häfen New Yorks eintrafen. Nur war mir irgendwie klar, dass diese Passagiere von der *Galaxy* waren. Ich hörte sie schreien: »Wo bist du gewesen?«, und: »Wir haben nach dir gesucht!« Inmitten von ihnen stand Dobby mit seinem langen Haar und breiten Lächeln. Er schwenkte eine Flasche Champagner und gab mir das Zeichen, mich ihm anzuschließen.

Ruckartig wachte ich auf und blinzelte in die aufgehende Sonne. Der Horizont war leer. Kein Ozeandampfer. Keine glücklichen Passagiere. Nichts als die längste gerade Linie der Welt von hier bis zum Vergessen.

Ich spürte, wie mein Körper in sich zusammenfiel. In dem Moment erfasste mich allmählich die Ungeheuerlichkeit des Todes. Warum, weiß ich nicht. Nie zuvor hatte ich mich auf das Sterben besonnen, Annabelle. Diesen Gedanken habe ich verdrängt. Uns allen ist bewusst, dass wir sterben müssen, aber tief in unserem Innern glauben wir es nicht. Insgeheim nehmen wir an, es werde eine Art späte Begnadigung geben, einen medizinischen Fortschritt, ein neues Arzneimittel, das unsere Sterblichkeit abwendet. Natürlich ist das eine Illusion, die uns gegen die Angst vor dem Unbekannten schützt. Doch sie wirkt nur so lange, bis der Tod dermaßen deutlich in Erscheinung tritt, dass man ihn nicht ignorieren kann.

An diesem Punkt bin ich angelangt, meine Liebe. Das Ende ist keine weit entfernte Vorstellung mehr. Ich vergegenwärtige mir jene zahlreichen Seelen, die mit der *Galaxy* untergegangen sind. Ich sehe Bernadette und Mrs Laghari vor mir, nun auch Nevin, allesamt verschlungen vom Meer. Wenn niemand uns rettet, werden wir das gleiche Schicksal erleiden – umkommen in diesem Boot oder im Wasser ringsum, und einer unter uns wird beobachten, wie andere zuerst davongehen. Instinktiv sucht der Mensch immer nach einer Möglichkeit, am Leben zu bleiben, aber wer will schon der Letzte sein, der stirbt?

Während solche Überlegungen mich beschäftigten, blickte ich auf und bemerkte, dass die kleine Alice zu mir gekrochen war – ihre Augen weit geöffnet und ihre Miene sanftmütig, so wie Kinder manchmal schauen, wenn sie gerade aufwachen. Kurz darauf kroch der Herr an ihre Seite. Er betrachtete mich ebenfalls, was mir wiederum Unbehagen bereitete.

»Ich brauche keine Gesellschaft«, sagte ich. »Möchte bloß über einige Dinge nachdenken.«

»Dein Schicksal«, erwiderte er.

»So etwas Ähnliches.«

»Vielleicht kann ich helfen.«

Ich habe tatsächlich gelacht. »Wieso? Wäre ich Gott, hätte ich mich längst abgeschrieben.«

»Aber du bist es nicht«, konterte er, »und wirst es niemals sein.«

Er kreuzte die Finger vor seinen Lippen. »Wusstest

du, dass ich, als ich diese Welt erschaffen habe, *zwei* Himmel gestaltete?«

»Als du diese Welt erschaffen hast«, spottete ich.

»Ja«, fuhr er fort. »Zwei Himmel.« Er deutete hinauf. »Den oberen und den unteren. In bestimmten Momenten kannst du zwischen ihnen hindurchsehen.«

Die kleine Alice starrte auf sein Gesicht. Warum sie ihn schwärmerisch verehrt, kann ich nicht sagen. Ich vermute, dass sie überhaupt nicht versteht, worüber er redet.

»Hör auf, okay?«, gab ich zurück. »Merkst du nicht, dass wir hier langsam sterben?«

»Überall sterben Menschen langsam«, erklärte er. »Und sie leben beständig fort. Mit jedem Atemzug können sie die Herrlichkeit finden, die ich auf Erden eingebracht habe, wenn sie nur danach suchen.«

Ich wandte mich dem dunkelblauen Ozean zu.

»Offen gestanden fühlt sich das hier eher wie die Hölle an«, widersprach ich.

»Ich versichere dir, dass dem nicht so ist.«

»Du musst es ja wissen, oder?«

»Genau.«

Ich hielt inne.

»*Gibt* es eine Hölle?«

»Nicht in der Weise, wie du sie dir vorstellst.«

»Was passiert dann mit schlechten Menschen nach ihrem Tod?«

»Warum interessiert dich das, Benjamin?«, fragte

er und beugte sich vor. »Ist da etwas, das du mir mitteilen möchtest?«

Ich sah ihm direkt in die Augen.

»Lass mich in Ruhe«, antwortete ich.

SECHS

Meer

Es ist nun an der Zeit, über Dobby zu schreiben. Du musst es wissen. Die Welt muss es erfahren. Zunächst einmal sei Folgendes festgehalten: Ich weiß nicht, was mit ihm passiert ist – aber vermutlich ist er zusammen mit den anderen Passagieren ums Leben gekommen. An jenem letzten Abend auf der *Galaxy* haben wir nicht mehr miteinander gesprochen, nicht nachdem ich zu ihm gesagt hatte: »Ich werde es nicht tun.« Er war aufgebracht, fühlte sich von mir hintergangen. Sofern er dachte, ich würde seine Wut teilen, kann ich ihn verstehen.

Doch es war *seine* Idee, Annabelle, die *Galaxy* in die Luft zu sprengen. Nicht *meine*. Wäre er vergangenen Sommer, kurz nachdem du mich verlassen hattest, nicht vor meiner Wohnungstür erschienen, hätte ich einfach weitergemacht wie bisher und meinen Groll still ertragen.

Dobby hingegen war umtriebiger. Als Jugendlicher legte er sich mit unseren Lehrern an, kämpfte gegen die örtlichen Schläger, führte uns auf Fahrrädern über abgelegene Feldwege, immer vorauspreschend und als Erster um die Kurven biegend. Er war ein Aufrührer im Jungen-T-Shirt der Größe M, lautstark, widerspenstig, mit zerzaustem dunklem Haar, oft gerunzelter Stirn und herunterhängender Unterlippe, als würde er ständig von jemandem zurechtgewiesen.

Er und seine Mutter kamen zwei Jahre später als wir nach Boston, nachdem sein Vater, mein Onkel, daheim in Irland verstorben war. Ich war neun, Dobby elf. Mir ist noch in Erinnerung, wie ich zufällig seine Mutter zu meiner sagen hörte: »Der da rennt mit dem Teufel um die Wette.«

Aber Dobby war klug. Unglaublich klug. Er las die ganze Zeit, lieh sich Bücher in der Bibliothek aus und verschlang sie beim Frühstück, Mittag- und Abendessen. Seinetwegen habe ich angefangen, mich fürs Lesen und dann auch Schreiben zu interessieren, Annabelle. Ich wollte ihm ähnlicher werden. Wir veranstalteten kleine Wettbewerbe, etwa wer sich die gruseligste Gespenstergeschichte ausdenken konnte. Jedes Mal hat er gewonnen. Seine Fantasie war reicher. Darüber hinaus fieberte er nach Gerechtigkeit, bevor ich überhaupt wusste, was dieses Wort bedeutet.

Als ich vierzehn war, jagte Dobby vier älteren Jungen, die eine streunende Katze mit Steinen bewarfen, Angst und Schrecken ein. Er schnappte sich ein paar

Mülleimerdeckel aus Metall, schleuderte sie in Richtung der Übeltäter und schrie dabei: »So fühlt sich ein großer Stein für eine Katze an, ihr Arschgeigen!« Als sie hastig auseinanderliefen, nahm er die Katze in seine Arme und wurde zu einem anderen Menschen, zärtlich und geduldig. »Jetzt kann dir nichts mehr passieren, du bist in Sicherheit«, flüsterte er.

Niemand in meiner kleinen Welt handelte auf solche Weise. Wie sehr ich zu ihm aufgeblickt habe! Er war nur zwei Jahre älter als ich, aber in dieser Entwicklungsphase bestimmen zwei Jahre darüber, wer Anführer und wer Anhänger ist. Gewöhnlich begrüßte er mich mit einem Augenzwinkern und einem übertriebenen »Was geeeht abbb, Ben-*ji*?«. Das brachte mich immer zum Lächeln – im Gefühl, verbunden zu sein mit jemandem, der über unsere armselige kleine Nachbarschaft hinauswuchs. Wir waren nur junge Burschen damals, doch er war mein Idol. Und diejenigen, die man in früher Jugend bewundert und verehrt, können noch Jahre später Macht über einen ausüben, selbst wenn man es besser wissen sollte.

~

»Diese Leute sind Schweine, Benji«, sagte Dobby, als er in der Zeitung zum ersten Mal einen Artikel über die Reise der *Galaxy* las. Ich machte gerade Rühreier in der Bostoner Wohnung, die wir miteinander teilten, seit er pleite, betrunken und *Bella Ciao* singend vor meiner Tür aufgetaucht war. Mehrere Jahre hatte ich ihn nicht gesehen. Das Haar an seinen Schläfen war grau geworden.

»Die denken, sie können wie Herren des Planeten zusammenkommen und entscheiden, was für den Rest von uns gut ist.«

»Nun ja«, erwiderte ich.

»Ich kann nicht glauben, dass du bei dieser Clown-Show mitmachst.«

»Es ist das Schiff von Jason Lambert. Ich arbeite dort. Was soll ich denn tun?«

»Widert der Typ dich nicht an? Er meint, er will die Welt verändern. Schau doch nur, wie er dich behandelt.«

»Ja, Cousin«, seufzte ich.

»Warum unternimmst du nichts dagegen?«

Ich blickte auf.

»Was redest du da?«

»Ich habe einen Freund ...« Er brach ab, griff erneut nach der Zeitung, fand den gesuchten Absatz und las ihn schweigsam. Anschließend sah er mir direkt in die Augen. Seine Miene war vollkommen ruhig.

»Benji«, sagte er, »vertraust du mir?«

»Ja, Cousin.«

Er grinste. »Dann werden wir die Welt verändern.«

So fing die Sache an.

~

Dobbys »Freund« war ein Tourmanager für Rockgruppen, einschließlich *Fashion X*, die am darauffolgenden Freitagabend auf der *Galaxy* spielen sollten. Im Lauf der Jahre hatte Dobby als Roadie mit verschiedenen Künstlern zusammengearbeitet. Auf diese Art verdiente er das wenige Geld, das ihm zur Verfügung stand. Er kannte sich gut mit Musikanlagen aus, mochte Reisen, Action, die schnellen Auf- und Abbauten.

Das wusste ich immer schon. Verborgen blieb mir dagegen, dass er seine Verbindungen als Roadie nutzte, um einen schrecklichen Plan zu schmieden, der auch mich mit einbezog. Seine Idee war, dass jener Freund ihn für das Konzert von *Fashion X* engagieren und er dann die Ausrüstung einschließlich der Instrumente, Verstärker und Mischpulte vorher auf die *Galaxy* laden würde – zusammen mit einem Gegenstand, der so aussah, als passte er dazu, was jedoch nicht der Fall war.

Eine Haftmine.

Ich hatte keine Ahnung, Annabelle, was eine Haftmine ist. Jetzt bin ich im Bilde. Dobby hat es mir erklärt. Es handelt sich um einen Sprengkörper für die Marine, der mit Magneten an der Unterseite von Schiffen befestigt wird. Oft bringen Taucher ihn heimlich am Rumpf an und lösen dann in sicherer Entfernung die Explosion aus. Haftminen kommen seit dem Zweiten Weltkrieg zum Einsatz. Wie Dobby in den Besitz einer solchen gelangen konnte, werde ich nie erfahren.

Offenbar schmuggelte er die Mine mit der musikalischen Ausrüstung an Bord. Es war Freitagnachmittag, der letzte Tag der Reise unter dem Motto *Die Großartige Idee*. Er bat mich, ihm zu helfen und einen Trommelkoffer über das zweite Deck zu tragen. Als wir allein waren, hielt Dobby inne, öffnete die oberen Schlösser und hob ihn leicht in die Höhe.

»Schau, Cousin«, sagte er. Im Innern sah ich einen tellerförmigen dunkelgrünen Gegenstand mit einem Durchmesser von ungefähr dreißig Zentimetern.

»Was ist das?«, fragte ich.

»Etwas, das stark genug ist, um diese ganze Jacht zu versenken. Und mit ihr Jason Lambert sowie seine reichen Freunde.«

Ich war zu verblüfft, um etwas zu erwidern. Meine Atmung beschleunigte sich. Mein Blick huschte den Korridor entlang. Flüsternd teilte Dobby mir mit, wie ich ihn nachts, wenn die *Galaxy* vor Anker lag, von der Reling an einem Seil hinablassen sollte und er dann die Mine unterhalb der Wasserlinie am Rumpf anbringen würde, wo sie den größten Schaden anrichten konnte.

Ich vernahm seine Stimme kaum. In meinem Kopf hatte ein dumpfes Dröhnen eingesetzt.

»Worüber *sprichst* du?«, stammelte ich schließlich. »Niemals werde ich …«

»Benji, hör zu. Kannst du dir vorstellen, was für Wellen das schlagen wird? Auf dieser Jacht befindet sich ein früherer US-Präsident! Da sind Hightech-

Milliardäre, die Leute jahrelang abgezockt haben! Dazu Banker, Hedgefonds-Manager und – am allerbesten – dieses Schwein Lambert. Die sogenannten Meister des Universums. Wir können sie alle unschädlich machen. Ein historisches Ereignis! Wir werden Geschichte schreiben, Benji!«

Ich schlug den Trommelkoffer zu. »Dobby«, sagte ich aufgebracht, »du redest davon, Menschen zu *töten*!«

»Menschen, die gemein sind zu anderen Menschen«, entgegnete er. »Die sie manipulieren. Sie ausbeuten. Wie Lambert. Du hasst ihn doch, oder?«

»Wir können nicht Gott spielen.«

»Warum nicht? Gott tut nichts dagegen.«

Als ich keine Reaktion zeigte, ergriff er meinen Unterarm und senkte die Stimme. »Komm schon, Cousin. Das ist unser Moment. Für all den Mist, den wir uns in der Jugend gefallen lassen mussten. Für deine Mutter. Für Annabelle.«

Bei der Erwähnung deines Namens schluckte ich schwer und glaubte, die Zunge würde mir im Hals stecken bleiben.

»Was passiert mit uns?«, murmelte ich.

»Nun, wir sind die Kapitäne dieser Idee.« Er blies die Wangen auf. »Kapitäne gehen mit ihrem Schiff unter.«

»Du meinst …«

»Ich *meine*«, unterbrach er und sah mich mit zugekniffenen Augen an, »entweder ist dir etwas wichtig oder nicht. Willst du eine klare Aussage machen? Oder für den Rest deines Lebens ein Fußabtreter sein und irgendwelche Throne polieren, damit die Reichen darauf sitzen können?«

Das Dröhnen in meinem Kopf hatte sich in ein Pochen an den Schläfen verwandelt. Ich fühlte mich benommen.

»Dobby«, flüsterte ich. »Willst du ... *sterben*?«

»Das ist besser, als wie eine Ameise zu leben.«

Erst da wurde mir bewusst, Annabelle, dass er wahnsinnig war.

»Ich werde es nicht tun«, sagte ich, wobei meine Worte fast nicht zu hören waren.

Seine Augen blitzten auf.

»Ich werde es nicht tun«, wiederholte ich lauter.

»Komm *schooon*, Cousin.«

Ich schüttelte den Kopf.

Den Blick, den er mir daraufhin zuwarf, kann ich kaum beschreiben. Betroffenheit, Verrat, Fassungslosigkeit – als hätte ich ihn nicht tiefer enttäuschen können. Lange starrte er mich so an, während seine Unterlippe herabhing wie damals, als er noch ein Junge war. Dann schloss er den Mund und räusperte sich.

»In Ordnung«, erklärte er. »Du bist, wie du bist.«

Er nahm den Koffer, kehrte mir den Rücken zu, ging den Korridor hinunter und verschwand durch eine Tür. Und ich habe nichts unternommen, meine Liebe, um ihn aufzuhalten, habe keinen Finger gerührt.

Land

»Jarty?«, rief Patrice nach unten. »Wer hat angerufen?«

LeFleur seufzte. Er hatte gehofft, sie wäre schon eingeschlafen.

»Niemand!«, erwiderte er nach oben.

Er hörte ihre Schritte auf der Treppe. Rasch schob er das Notizbuch in seine Aktenmappe und stellte den Ton des Fußballspiels im Fernsehen lauter.

Patrice erschien im Türrahmen.

»Ein *Niemand* ruft hier nicht am Sonntagabend an«, sagte sie. »Jarty, was ist los?«

Er fuhr mit der Handfläche über seine Stirn, drückte die Haut, als wollte er ihr damit eine Antwort entlocken.

»Okay«, antwortete er. »Es war nicht bloß unnützes Treibgut, das an die Nordküste gespült wurde, sondern ein Boot.«

»Was für ein Boot?«

»Ein Rettungsboot.«

Sie setzte sich. »Gab es irgendwelche …?«

»Nein. Keine Leichen. Keine Überlebenden.«

Er erwähnte nicht das Notizbuch.

»Weißt du, von welchem Schiff es stammte?«

»Ja«, sagte er und atmete tief aus. »Von der *Galaxy*. Der Jacht, die letztes Jahr untergegangen ist.«

»Mit all den reichen Leuten darauf?«

Er nickte.

»Wer hat gerade angerufen?«

»Ein Reporter. Vom *Miami Herald*.«

Sie berührte seinen Arm.

»Jarty. Diese Passagiere. In den Nachrichten hieß es, sie seien alle *umgekommen*.«

»Das ist richtig.«

»Aber wer war dann im Rettungsboot?«

Meer

Heute ist das Wasser von tiefem Saphirblau, und durch den Himmel ziehen flauschige Wolken. Zwei volle Wochen sind vergangen, seit die *Galaxy* gesunken ist. Unsere Nahrung ist aufgebraucht. Ebenso das Trinkwasser aus dem Regenschauer. Unsere Gemüter sind leer und unsere Körper schwach.

Ich habe über das Wort *retten* nachgedacht, Annabelle. Darüber, wie dieser »Herr« sich weigert, uns zu retten. Wie Mrs Laghari versuchte, das Fernglas zu retten, und dabei ins Meer gestürzt ist. Wie ich all diese Menschen auf der *Galaxy* vielleicht hätte retten können, wenn es mir nur gelungen wäre, Dobby von seinem teuflischen Plan mit der Haftmine abzubringen.

Außerdem erinnere ich mich an jenen letzten Nachmittag, als wir uns trennten, Dobby und ich. Das Pochen in meinem Kopf zog sich über mehrere Stunden hin. Mein Magen schmerzte. Zweimal hat mich der Deckmeister angebrüllt, weil ich nicht schnell genug auf die Wünsche der Gäste einging. In jeder freien Minute habe ich nach Dobby gesucht, die Gänge durchkämmt, über die Reling gespäht. Keine Spur von ihm. Es war der Schlusstag der Veranstaltung, an dem hektisches Treiben herrschte.

Möglicherweise habe ich die Gefahr verdrängt – oder angenommen, Dobby würde nicht wirklich zur Tat schreiten. Nie habe ich ihn für einen Mörder gehalten. Wütend? Ja. Missgünstig? Ja. Wie ein Wasserfall redete er manchmal über Gesellschaftsklassen, Reichtümer, Privilegien. Aber ein Mörder fremder Leute? Kann sich der Charakter eines Menschen derart stark verändern? Oder handelt es sich hier um einen Fall, der die Vorstellungskraft übersteigt, mit dem man einfach nicht rechnet?

»Benji?«, hörte ich Jean Philippe sagen. »Geh aus der Sonne.«

Er saß unter dem Verdeck neben den anderen, außer Yannis, der sich ihnen mühsam entwunden hatte, um seine Notdurft über Bord zu verrichten. Wir bewegen uns jetzt so langsam wie Kleinkinder, die am Boden entlangkriechen.

»Bitte, mein Freund«, beharrte Jean Philippe. »Du verbrennst sonst.«

Es war Mittag, der schlechteste Zeitpunkt, sich der Sonne auszusetzen. Mir war nicht bewusst gewesen, wie lange ich schon in ihr ausgeharrt hatte. Also rutschte ich auf allen vieren zu Jean Philippe und ließ mich am Rand des schattigen Bereichs nieder.

Alle waren still, ihre verbrannten und mit Blasen bedeckten Beine ausgestreckt und dicht aneinander liegend wie Holzscheite. Lambert blätterte im Automagazin. Der Herr erhaschte meinen Blick und lächelte mir einfältig zu. Ich wandte mich ab und sah, dass Yannis kniete und den Himmel anstarrte.

»Oh, mein Gott«, murmelte er. »Keiner rührt sich von der Stelle!«

»Was ist?«, fragte Nina.

»Ein Vogel.«

Wir rissen die Augen auf. Ein Vogel? Nina erhob sich, um emporzuspähen, aber Geri hielt sie zurück und bedeutete ihr, sich ruhig zu verhalten. Wir hörten ein leises Flügelflattern. Dann erschien auf dem Verdeck ein Schatten.

Die Füße des Vogels bewegten sich direkt über uns.

»Benji«, flüsterte Yannis, »er kommt zur Kante.«

Ich starrte ihn an, drehte die Handflächen hin und her. Was sollte ich seiner Meinung nach tun?

»Sobald ich dir ein Zeichen gebe, greifst du nach oben und packst ihn.«

»Was?«

»Du bist ihm am nächsten. Du musst ihn packen.«

»Warum?«

»Weil er *Nahrung* ist.«

Ich begann zu schwitzen, merkte, wie die anderen mich anblickten. Lambert setzte eine wütende Miene auf.

»Pack den stinkenden Vogel«, sagte er.

»Das *kann* ich nicht.«

»Doch, das kannst du. Pack ihn!«

»Benji, bitte«, flehte Nina.

»Er geht weiter Richtung Kante«, sagte Yannis mit leiser, fester Stimme. »Wenn ich ›*Jetzt!*‹ rufe, greifst du hinauf und packst ihn an den Füßen.«

Ich war entsetzt.

»Mach dich bereit …«

Ich hob meine Hände zum Verdeck, versuchte mir vorzustellen, wie der Vogel aussah. Inständig bat ich, er möge fortfliegen, sich retten, mich retten.

»Da kommt er …«, flüsterte Yannis.

»Ganz ruhig, Benji«, fügte Geri hinzu.

»Du schaffst es«, bekräftigte Jean Philippe.

»Ich will nicht«, murmelte ich.

»*Pack ihn* einfach!«, wiederholte Lambert.

Meine Hände zitterten.

»Jetzt!«, rief Yannis.

»Warte …«

»Jetzt, Benji!«

»Nein, nein, nein«, stöhnte ich, riss zugleich die Hände hoch, umklammerte mit einer einzigen blitzschnellen Bewegung die Füße und zerrte sie nach unten. Ich spürte die kleinen höckrigen Zehen zwischen meinen Fingern und drückte fest zu. Der Vogel kreischte, schlug wild mit den Flügeln. Ich hastete aus dem schattigen Bereich, wobei die Federn über mein Kinn peitschten, während sein lang gezogener weißer Körper verzweifelt zu fliehen versuchte, sich ruckartig hin und her wand, der Schnabel auf meine Finger einhackte. Ich verstärkte den Griff und kniff die Augen zu.

»Was soll ich machen?«, schrie ich.

»Ihn töten!«, brüllte Lambert.

»Ich kann nicht! Ich kann nicht!«

Das Kreischen war schrecklich.

Hab Erbarmen!, schien der Vogel zu rufen. *Ich bin keiner von euch! Lass mich los!*

»Es tut mir leid! Es tut mir leid!«

»Lass ihn nicht los!«

»Benji!«

»Es tut mir leid!«

Dann war Yannis über mir. Er schnappte sich den Kopf des Vogels und verdrehte ihn unter Aufbietung all seiner Kraft. Mit einem Knacken starb er. Das Gefieder fiel gegen meine Brust. Tränen liefen mir über die Wangen. Ich betrachtete das tote Tier. Ich schaute Yannis an. Ich blickte zu den anderen – auch zu dem Mann, der sich als *Herr* bezeichnet, und nur ein Wort platzte aus mir heraus: »Warum?«

Nachrichten

MODERATOR: *Heute Abend porträtiert Tyler Brewer ein weiteres Opfer des Untergangs der* Galaxy, *einen vielversprechenden jungen Botschafter, der in der Blüte seiner Jahre aus dem Leben gerissen wurde.*

REPORTER: *Yannis Michael Papadapulous kam 1986 außerhalb Athens zur Welt. Sein Vater war einst Premierminister von Griechenland, seine Mutter eine weithin bekannte Opernsängerin. Yannis verbrachte einen Großteil seiner Jugend auf Reisen, besuchte die renommierte Choate Preparatory School in Connecticut, studierte dann an der Princeton University und erwarb schließlich einen Master of Business Administration in Harvard.*

Er machte sich einen Namen mit verschiedenen Start-up-Unternehmen in Griechenland und gründete einen Vermietungsservice für Ferienhäuser, der sich zur erfolgreichsten Buchungsagentur in seinem Land entwickelte.

Yannis wurde auf einen Schlag berühmt, als ihn das Magazin People *in einer Sonderausgabe, die ausländischen Berühmtheiten gewidmet war, zum* Sexiest Greek Man Alive *kürte. Er spielte in zwei kleinen Filmen mit und wurde zu einem regelmäßigen Gast der internationalen Partyszene, etwa an der Côte d'Azur, auf Ibiza oder St. Barths.*

Als Yannis dreißig wurde, bestand sein Vater Giorgios Papadapulous darauf, dass er nach Griechenland zurückkehrte, um »sein Leben ernsthaft in die Hand zu nehmen«.

GIORGIOS PAPADAPULOUS: *»Mein Sohn war äußerst begabt. Schon als Junge besaß er die Fähigkeit, im Kopf schwierige mathematische Gleichungen zu lösen. Ich dachte, in Anbetracht seiner natürlichen Führungsqualitäten könnte er, wenn er sich auf ein bestimmtes Gebiet wie Wirtschaft konzentriert, seinem Land einen großen Dienst erweisen.«*

REPORTER: *Im Jahr darauf gewann Yannis – vor allem dank der ihm eigenen Prominenz – seine erste Wahl zum Parlament. Einige Jahre später wurde er gegen den Widerstand anderer Kabinettsmitglieder zum Botschafter bei den Vereinten Nationen ernannt und war damit in der griechischen Geschichte die jüngste Person, die diesen Status erreichte. Kritiker behaupteten, man habe ihm den Posten nur überlassen, um seinem Vater einen politischen Gefallen zu erweisen. Doch Yannis entpuppte sich als ein einflussreicher Wortführer, der dazu beitrug, internationale*

Kredite sicherzustellen, die Griechenland allmählich aus seiner schweren Finanzkrise heraushalfen.

Mit vierunddreißig Jahren war Yannis Papadapulous der jüngste Teilnehmer bei Jason Lamberts Reise unter dem Motto Die Großartige Idee. *Er ist vermutlich umgekommen, sein kurzes Leben und seine aussichtsreiche Karriere ein Opfer der mysteriösen Ereignisse, die sich in jener verhängnisvollen Nacht auf hoher See zugetragen haben.*

Meer

Es geht auf Mitternacht zu an unserem siebzehnten Tag. Verzeih, mein Engel. Ich war vorher nicht imstande zu schreiben. Seit Yannis diesem Vogel den Hals umgedreht hat, fühle ich mich wie betäubt. Keine Ahnung, warum mich das derart mitgenommen hat. Der gefiederte Kadaver, der schlaff gegen meine Brust fiel. Dieses scheußliche Bild bekomme ich nicht aus dem Kopf. Eine große Schwere lastet auf mir, und ich kann mich kaum aufsetzen.

Vielleicht fragst du dich, was danach passiert ist. Nichts. Jedenfalls herrschte während der langen folgenden Minuten völlige Stille. Offenbar wusste niemand an Bord, was mit dem toten Vogel zu tun wäre. Wir starrten einander nur an. Schließlich ergriff Jean Philippe das Wort.

»Miss Geri«, sagte er leise, »kann ich das Messer haben?«

Daraufhin begann er, dem Tier die Federn auszurupfen und die Haut abzuziehen, die Flügel und den Kopf abzutrennen. Nina fuhr zusammen und fragte, ob er sich da seiner Sache wirklich sicher sei. Er bejahte und fügte hinzu, dergleichen schon als Junge auf Haiti gemacht zu haben, meistens mit Hühnern, und die Handgriffe hier seien im Grunde dieselben. Er schien nicht froh um seine Tätigkeit, aber vielleicht war er es damals auch nicht.

»Wir sollen den roh essen?«, fragte Lambert.

»Du kannst ihn auch in der Sonne trocknen lassen«, erwiderte Yannis und nahm ein Stück, »falls du zwei Tage warten willst.«

Er fing an zu kauen. Nina schaute weg. Geri bediente sich und gab den Bissen der kleinen Alice. Wie üblich reichte die ihn dem Herrn, weshalb Geri ihr einen weiteren überließ. Bald kauten sie alle mit übertriebenen Kieferbewegungen. Ich brachte es nicht fertig, es ihnen gleichzutun.

»Bitte, Benji«, sagte Jean Philippe, »du musst essen.«

Ich schüttelte den Kopf.

»Fühl dich nicht schlecht, weil du dieses Tier getötet hast. Du hast es für uns alle getan.«

Ich betrachtete ihn, und mir kamen die Tränen. Wenn er die Wahrheit wüsste. Dass ich nichts für sie alle getan hatte, nichts, als es darauf ankam.

Mein Blick wanderte zum Herrn, der sein Stück verzehrte und mich fortwährend im Auge behielt. Er schluckte und lächelte.

»Ich bin da, Benjamin«, erklärte er. »Wann immer du mit mir sprechen möchtest.«

~

An diesem Abend, direkt nach Sonnenuntergang, fiel mir auf, dass Nina und Yannis beieinandersaßen. Angesichts der Beengtheit im Boot spielt es eigentlich kaum eine Rolle, wer sich neben einem befindet. Man ist immer dicht an eine Person gedrängt. Seltsam, wie schnell wir uns an den beengten Platz gewöhnt haben, den Rücken verdrehen, um einander vorbeizulassen, die Beine verlagern, damit jemand sie ausstrecken kann. Ich stelle mir vor, dass Lambert, Geri und Yannis kaum etwas anderes kennen als riesige Räume in prachtvollen Anwesen. Wie befremdlich es ihnen ohne Haus vorkommen muss.

Dennoch saßen die beiden nicht aus praktischen Zwecken nah zusammen, sondern um sich Gesellschaft zu leisten. Yannis hatte seinen Arm hinter sie auf den Bootsrand gelegt. Einmal lehnte Nina den Kopf an seine Schulter, wobei ihr langes wallendes Haar seine Brust streifte. Seine Hand drückte ihren Arm, und er küsste sie auf die Stirn.

Instinktiv wandte ich mich ab, ihrer Privatsphäre zuliebe oder aus Neid; ich bin mir nicht sicher, welches Motiv den Ausschlag gab. Gewiss, wir lechzen nach Wasser, uns knurrt der Magen. Doch am meisten sehnen wir uns nach Trost. Nach einer sanften Umarmung. Nach jemandem, der uns zuflüstert: »Ist schon gut. Alles in Ordnung.«

Vielleicht finden Nina und Yannis genau das in ihrem Zusammensein. Ich finde es auf diesen beschriebenen Seiten des Notizbuchs, Annabelle, in Gedanken, die von meinem Gehirn zu meinen Fingern fließen, von dort dann zu Stift und Papier. Zu dir.

Ich finde es in dir.

Es scheint nun kein Zweifel mehr daran zu bestehen, dass ich auf diesen Wassern sterben werde. Wenn dem so ist, möchte ich, dass die Welt ein paar Einzelheiten über mich erfährt, über mein Leben. Ich habe keinen Grund zu der Annahme, dass dieses Notizbuch an irgendeinen Ort gelangt, wo ich nicht hinkomme. Aber wenn all deine großen Ideen verschwunden sind, klammerst du dich an die kleinen. Vielleicht wird etwas geschehen, das hilft, die vorliegende Geschichte ans Licht zu bringen.

~

Hier folgt also die Zusammenfassung meines Lebens.

Ich bin ein Einzelkind, geboren in der Kleinstadt Carndonagh im Norden der irischen Grafschaft Donegal, nah an den Wassern, wo der Atlantik und die Hebridensee zusammenfließen. Meine Mutter spielte – wie viele irische Kinder – Golf auf einem benachbarten Gelände. Mit der Zeit konnte sie es derart gut, dass sie mit achtzehn Jahren für den Gewinn eines örtlichen Turniers eine Eintrittskarte und den Fahrschein für eine Busreise erhielt, um bei den *Scottish Open* als Zuschauerin mit dabei zu sein. Wie ich später erfuhr, lernte sie dort meinen Vater kennen – oder besser: Sie begegnete ihm, denn jahrelang sah sie ihn nicht wieder. Neun Monate danach kam ich zur Welt. Meine Mutter sprach nie seinen Namen aus, so oft ich auch danach fragte. Außerdem spielte sie nie mehr Golf. Als Kind hörte ich sie nachts manchmal mit einem stimmgewaltigen Mann in der Küche streiten und dachte, das könnte derjenige sein, den ich *Papa* nennen sollte. Aber er war nur ein früherer Geliebter, der meine Mutter vielleicht geheiratet hätte, wäre sie in jener Woche nicht nach Schottland gegangen, um »ihr Leben zu ruinieren«. Diese Worte schrie er immer wieder, und sie genügten, dass ich, den Kopf im Kissen vergraben, mich fortan ständig meiner Existenz schämte.

Ich hatte eine Tante, Emilia, Dobbys Mutter, und einen Onkel, Cathal, ihr Mann. Als ich sieben Jahre alt war, fuhren sie meine Mutter und mich eines Morgens zu einem regionalen Flughafen, dessen Graspiste gerade asphaltiert worden war. Wir übergaben unseren Koffer einem Gepäckträger und flogen davon.

Inmitten eines Schneesturms trafen wir in Boston ein. Ich verstand nicht die dort üblichen Dialekte, war überwältigt von den Autos und den zahlreichen Werbetafeln, die überall hingen – für *Dunkin' Donuts*,

McDonald's-Hamburger oder verschiedene Biersorten. Wir bezogen eine Mietwohnung neben einer italienischen Bäckerei, und als meine Mutter eine Stelle in der Reifenfabrik fand, kam ich auf eine städtische Schule. Meine Leistungen waren miserabel, die Lehrer alt und abweisend. Sie schienen genauso erleichtert wie ich, wenn die Schulglocke läutete, um den Unterricht zu beenden.

Nie war mir klar gewesen, warum sich meine Mutter gerade für diese Stadt, ja überhaupt für Amerika entschieden hatte – bis ich sie eines Nachmittags nach dem Heimkommen aus der Schule vor einem Spiegel stehen sah. Sie trug ein enges silberfarbenes Kleid, das ich nicht kannte, hatte sich die Haare fein zurechtgemacht und geschminkt. Es war fast, als würde ich eine andere Frau betrachten, so atemberaubend war ihre ungeahnte Schönheit. Ich fragte, wohin sie gehe, und sie antwortete lediglich: »Es ist Zeit, Benjamin«, worauf ich nachhakte: »Zeit für was?«, und sie erklärte: »Zeit für mich, deinen Vater zu sehen.«

Ich verstand nicht, was sie meinte. Amerika war für mich noch immer ein rätselhaftes Land, und in meiner kindlichen Vorstellung malte ich mir aus, sie würde irgendwohin nach außerhalb der Stadt fahren, hoch auf einen Hügel, wo Väter in einsamen Zimmern darauf warteten, dass ihre lang verschwundenen Bräute zurückkehrten. Dort würde sie sich am Empfang bei einer Person melden, die ihren Namen gegenüber einer Menge ängstlich besorgter Männer ausriefe. Einer von ihnen – stattlich, stark, mit dunklen Bartstoppeln – würde aufstehen und lauthals verkünden: »Ja, das bin ich!«, und dann loslaufen, um meine Mutter zu umarmen, weil das Gebet um ihre Ankunft erhört worden war.

Die Geschichte spielte sich jedoch anders ab.

Wer immer der Mann war, er empfing meine Mutter nicht freundlich. An jenem Abend wurde ich dadurch aufgeweckt, dass sie in ihrem Zimmer mehrere Gegenstände zertrümmerte, und als ich zu ihr eilte, zerschnitt sie gerade mit der Schere das Kleid, das sie getragen hatte. Ihre Schminke war durch Tränen zerlaufen, ihr Lippenstift verschmiert, und als sie mich erblickte, schrie sie: »Hau ab! Hau ab!« Aber schon damals habe ich gemerkt, dass sie mit ihrem Wutanfall nur die Reaktion meines Vaters widerspiegelte.

Hinterher erzählte sie mir ein paar Details über ihn. Ich erfuhr, dass er wohlhabend war und ein Haus in Beacon Hill bewohnte. Meine Mutter behauptete beharrlich, er kümmere sich um mich, aber diese Lüge durchschaute ich. Sobald sie davon sprach, nahm ich den Kummer in ihren Augen wahr. In dem Moment wurde mir bewusst, dass sie während meines ganzen Lebens diesen Abend vorausgeplant hatte, um uns wieder ganz und zu einer Familie zu machen, um ihr Leben neu aufzubauen; und dass sie scharf zurechtgewiesen worden war – wodurch sich in mir für alle Zeit das Bild verfestigte, mein Vater sei ein Mistkerl und ich logischerweise ebenso.

Meine Mutter war in vielerlei Hinsicht widersprüchlich. Trotz ihrer hageren, zerbrechlichen Gestalt hatte sie es geschafft, uns zu entwurzeln und in ein fremdes Land umzusiedeln. Als ihr erhofftes Rendezvous fehlschlug, tat sie, was sie tun musste. Unermüdlich arbeitete sie in jener Reifenfabrik, leistete Überstunden, sprang an Wochenenden ein. Sie besaß die Ausdauer von fünf Männern, das schwöre ich. Doch eines Tages fiel sie von einem Gerüst und verletzte sich die Wirbelsäule so schwer, dass sie nicht mehr gehen konnte. Um eine hohe Entschädigungszahlung zu vermeiden, erklärte die Fabrikleitung vor Gericht, sie habe fahrlässig gehandelt. In ihrem ganzen Leben war meine Mutter nie fahrlässig gewesen.

Danach schwanden ihre geistigen Kräfte. Sie sah fern mit ausgeschaltetem Ton. Manchmal aß sie tagelang nichts. Kein einziges Mal sprach sie über den Unfall in der Fabrik – oder darüber, was mit meinem Vater geschehen war. Offensichtlich aber war ihr großer Plan für ein besseres Leben gescheitert, und dieses Scheitern hing in der Luft der winzigen Küche, wo wir unsere Mahlzeiten verzehrten, im stumpfgrün gefliesten Badezimmer, im abblätternden Anstrich und ausgeblichenen Teppichboden unserer Schlafzimmer. Wenn ich meine Mutter für einen Spaziergang im Rollstuhl schob, brach sie bisweilen grundlos in Tränen aus. Kam jemand mit einem Hund vorbei oder spielten Kinder in der Nähe Baseball, hatte ich oft den Eindruck, sie starre darauf, sähe aber etwas anderes. Gebrochene Menschen tun dergleichen.

Der Ratschlag, den meine Mutter mir gegenüber am häufigsten wiederholte, lautete: »Finde eine Person, der du in deinem Leben vertrauen kannst.« Während meiner unruhigen Kindheit war sie für mich da gewesen, also versuchte ich, in den ihr noch verbleibenden Jahren für sie da zu sein. Nach ihrem Tod fühlte ich mich immerzu schwer. Meine Atmung war mühsam, meine Haltung gebückt. Ich hatte Angst, krank zu sein. Heute erkenne ich, dass mein Zustand dem Gewicht der Liebe geschuldet war, die ich niemandem schenken konnte.

Folglich trug ich diese Liebe mit mir, durchsuchte die Welt nach einem Ort, um sie dort niederzulegen, fand ihn aber ebenso wenig wie einen Menschen – bis ich schließlich dich fand. In vielerlei Hinsicht bin ich ein armer Mann gewesen, Annabelle. Nach einiger Überlegung vielleicht sogar ein glückloser Mann. Aber in einem entscheidenden Aspekt hatte ich Glück. An jenem Abend nach dem Feuerwerk hast du mir deinen Namen gesagt, worauf ich dir meinen nannte. Mit weit geöffneten Augen hast du mich angesehen und gefragt: »Benjamin Kierney, würdest du mich gerne eines Tages ausführen?« Ich war derart überwältigt, dass ich nicht antworten konnte. Das hat dich anscheinend amüsiert. Lächelnd bist du aufgestanden mit den Worten: »Nun, eines Tages wirst du es vielleicht tun.«

Nach diesem Ereignis erscheint mir mein weiteres Leben belanglos – wo ich arbeitete, in welcher Nachbarschaft ich wohnte, was ich über bestimmte Dinge dachte. Es gab dich, Annabelle. Nur dich. Ich bin fast am unteren Rand der Seite angekommen und stelle fest, dass ich mein Leben zusammenfassen kann, bevor er erreicht ist.

Seit siebenunddreißig Jahren bin ich auf dieser Erde – und die meiste Zeit ein Narr gewesen. Letzten Endes habe ich dich enttäuscht, so wie ich es immer befürchtete.

Das alles tut mir zutiefst leid.

Land

LeFleur trank den Rest seines Kaffees in einem Zug und schaltete den Motor des Jeeps aus. Der Morgen war wolkenlos; dem Wetterbericht zufolge stand ein feuchtheißer Tag bevor.

Während er aus dem Auto stieg und seine Aktenmappe zur Eingangstür der Polizeistation trug, ging ihm bereits der Gedanke durch den Kopf, wie viele Stunden er wohl erübrigen könnte, um die Lektüre des Notizbuchs fortzusetzen. Am Schreibtisch sitzend hatte er kaum damit begonnen, als Patrice ihn unterbrach. Er hatte jedoch genug gelesen, um zu wissen, dass auf diesem Rettungsboot etwas Seltsames vorgefallen war, nachdem die Überlebenden einen Mann entdeckt hatten, der im Meer trieb:

Als er keine Antwort gab, berührte Nina seine Schulter und sagte: »Nun, dem Herrn sei Dank, dass wir dich gefunden haben.«

In dem Moment ergriff der Mann endlich das Wort.
»Ich bin *der Herr«, flüsterte er.*

LeFleur war schon einigermaßen verblüfft gewesen durch die bloße Existenz des Notizbuchs – und all die Fragen, die es hinsichtlich des Untergangs der *Galaxy* aufwarf –, nun aber verspürte er den dringenden Wunsch, mehr über die Reaktion der Insassen auf diese selbst ernannte Gottheit zu erfahren. Er hatte eine lange Liste mit Streitpunkten, die er mit Gott erörtern würde, sollte sich ihm je die Gelegenheit zu einer solchen Begegnung bieten. Er bezweifelte, dass Gott sie mögen würde.

Seine Gedanken kreisten um Rom, den er aufgefordert hatte, zur Mittagszeit ins Büro zu kommen. *Der Typ hat noch nicht mal ein Mobiltelefon.* Als er die Eingangstür aufstieß, standen zwei Gestalten schnell auf. Die eine war ein ziemlich großer Mann im dunkelblauen Anzug und Hemd mit offenem Kragen. Die andere erkannte LeFleur sofort. Sein Chef. Leonard Sprague. Der Polizeipräsident.

»Jarty, wir müssen reden«, sagte Sprague.

LeFleur schluckte mühsam. »In meinem Büro?«, fragte er und tadelte sich dafür, dass seine Stimme abwehrend klang.

Sprague war ein aufgedunsener, älterer Mann, kahl und bärtig. Die leitende Position hatte er seit über zehn Jahren inne. Normalerweise traf er sich mit LeFleur alle paar Monate im Hauptquartier. Nun aber suchte er ihn zum ersten Mal in dessen Dienststelle auf.

»Habe ich richtig verstanden, dass du ein Rettungsboot von der *Galaxy* gefunden hast?«, begann er.

LeFleur nickte. »Ich war gerade dabei, meinen Bericht zu schreiben …«

»Wo?«, unterbrach ihn der andere Mann.

»Wie bitte?«

»Wo haben Sie das Rettungsboot gefunden?«

LeFleur zwang sich zu einem Grinsen. »Verzeihung, ich habe Ihren Namen nicht gehört …«

»Wo?«, schnauzte der Mann.

»Sag es ihm, Jarty.«

»Nordküste«, erwiderte LeFleur. »Marguerita Bay.«

»Ist es noch immer dort?«

»Ja. Ich habe die örtlichen …«

Der Mann sprang auf und bewegte sich hastig zur Tür. »Gehen wir«, befahl er in harschem Ton über seine Schulter hinweg.

LeFleur wandte sich seinem Vorgesetzten zu. »Was zum Teufel ist hier los?«, flüsterte er. »Wer *ist dieser Kerl*?«

»Er arbeitet für Jason Lambert«, erklärte Sprague, Daumen und Zeigefinger aneinanderreibend. Geld.

SIEBEN

Nachrichten

MODERATOR: *Heute Abend beendet Tyler Brewer seine Reihe zum Gedenken der Opfer des Untergangs der Jacht* Galaxy *mit dem Porträt einer berühmten Schwimmerin, die in tragischer Weise auf hoher See verschollen blieb.*

REPORTER: *Danke, Jim. Geri Reede war im Wasser mehr zu Hause als irgendwo sonst. Bereits ab ihrem dritten Lebensjahr schwamm sie in einem örtlichen Schwimmbad in Mission Viejo, Kalifornien. Nicht einmal zehn Jahre alt, nahm sie an nationalen Wettbewerben teil. Geri, die sich selbst als »Wasserratte« bezeichnete, Tochter einer Schwimmlehrerin und eines Meeresforschers, qualifizierte sich dann mit neunzehn Jahren für die Olympiaauswahl der Vereinigten Staaten. Bei den Spielen in Sydney gewann sie eine Goldmedaille im Brustschwimmen und zwei Silbermedaillen in den Staffelrennen. Vier Jahre später schaffte sie es erneut ins Team und errang in Athen eine Silbermedaille. Daraufhin zog sie sich vom Sport zurück und fungierte ein Jahr lang als Weltbotschafterin im Kampf gegen den globalen Hunger.*

Im Alter von sechsundzwanzig Jahren entschied sich Reede für ein Medizinstudium, das sie jedoch nach zwei Semestern abbrach. Da sie ohne Wettkampfsport erklärtermaßen »rastlos« war, schloss sie sich ein Jahr lang der Besatzung der Jacht Athena *an, die beim America's Cup als Herausforderer antrat.*

Schließlich tat sich Reede mit einem Fitness-Unternehmen zusammen, um Water Works! *zu gründen. Die Firma, die ein Programm zur Gesundheitspflege für Sportler anbot, erwies sich als höchst erfolgreich. Durch ihre charakteristischen Merkmale – stacheliges blondes Haar und eine aufgeweckte, wenn nicht gar etwas herbe Art – wurde sie zum Publikumsliebling und somit zur Leitfigur in den Werbekampagnen von* Water Works!.

Obwohl Geri Reede nie verheiratet war und keine Kinder hatte, betonte sie häufig die Bedeutung des Schwimmunterrichts für die Kleinen. »Angst vor dem Wasser ist eine unserer frühesten Ängste«, sagte sie einmal. »Je schneller wir sie besiegen, desto schneller lernen wir, andere zu besiegen.«

Reede war neununddreißig Jahre alt, als sie zusammen mit den fast vier Dutzend Passagieren an Bord der Galaxy *verschwand.*

»Geri war eine Wegbereiterin und eine Inspiration für junge Frauen weltweit«, erklärte Yuan Ross, ein

Sprecher des Dachverbands für Wettkampfschwimmen in den Vereinigten Staaten. »Sie war eine Person, die man in seinem Team haben wollte, im Schwimmbecken als auch im Leben. Sie zu verlieren, ist eine Tragödie.«

Meer

Meine liebe Annabelle. Tage sind vergangen, seit ich dir zuletzt schrieb. Eine unsagbare Mattigkeit hat von meinem Körper und meiner Seele Besitz ergriffen. Ich kann kaum den Stift zum Papier heben. In der Zwischenzeit ist so vieles geschehen, das mir zum Teil noch immer unannehmbar erscheint.

Bis zu unserem neunzehnten Tag hatten Hunger und Durst uns völlig überwältigt. Wir verzehrten jedes genießbare Stück vom Vogel. Geri ballte etwas Fleisch zusammen, um es als Köder beim Angeln zu benutzen. Aus einem kleinen Flügelknochen fertigte sie einen Haken und ließ die Leine ins Wasser gleiten. Erschöpft, wie wir waren, zogen wir uns an den Bootsrand, um mit aufzupassen.

Plötzlich rief Yannis: »Schaut!« In der Ferne trieben graue dicht gedrängte Wolken, aus denen sich eine dunkle Masse trichterförmig zum Meer hinabsenkte.

»Regen«, sagte Geri, deren Stimme infolge der Dehydrierung rau und schwach war. Die Vorstellung von Süßwasser munterte uns auf. Doch der Wind steigerte sich allmählich zu heftigen Böen, und die Wellen schlugen immer höher. In einem fort schaukelten wir aufwärts und abwärts, wobei der Bootsboden jedes Mal mit Wucht aufs Wasser klatschte.

»Klammert euch an etwas fest!«, brüllte Yannis. Geri, der Herr und ich schoben die Arme unter das Halteseil. Lambert duckte sich unter das Verdeck, ebenso wie Nina, Alice und Jean Philippe. Das Boot schnellte nach oben und unten wie eine Gondel im Vergnügungspark. Seit dem nächtlichen Untergang der *Galaxy* waren wir nicht mehr derart hin und her geschleudert worden. Der Himmel verfinsterte sich. Als wir erneut steil in die Höhe stiegen, sah ich, dass Geri mir über die Schulter starrte und ihre Augen größer wurden.

»Achtung, Benji!«, schrie sie.

Ich fuhr herum und erblickte eine riesige Welle, die sich hinter uns weit öffnete wie das klaffende Maul eines Seeungeheuers. Wir wurden von ihr förmlich eingesogen und in eine so schräge Lage versetzt, dass das Boot zu kentern drohte. Dann brach eine Lawine aus Wildwasser über uns herein, und ich packte das Seil, als wäre es mein letzter Rettungsanker. Durch die sprudelnde Flut sah ich, wie ein Körper unter dem Verdeck hervorschoss und über Bord gespült wurde.

»Nina!«, brüllte Yannis. Eine Sekunde verstrich.

Eine zweite, eine dritte. Der Wellengang flachte ab. Ich hörte Ninas Stimme gegen die Brandung um Hilfe schreien. Wo war sie?

»Dort!«, rief Geri. »Auf der linken Seite!«

Bevor ich reagieren konnte, hatte sich Yannis ins Wasser gestürzt, um zu ihr zu schwimmen.

»Nein, Yannis!«, schrie ich. Ein weiterer Strudel hob uns empor, und abermals krachte eine Wasserwand herunter. Hektisch wischte ich mir die Augen, erspähte Ninas Kopf, der sich auf und ab bewegte. Sie war jetzt gut zwanzig Meter entfernt. Noch eine Welle schmetterte gegen das Boot. Geri versuchte zu rudern, ich kroch zu ihr und schrie: »Gib mir das andere Paddel!« Wieder ein Aufprall, wieder ein Schauer aufgepeitschten Wassers.

»Wo sind sie?«, rief ich, immerzu die Augen reibend. »Wohin sind sie abgetrieben?«

»Dort!«, brüllte Jean Philippe.

Sie waren nun rechts von uns, doch weiter weg. Ich beobachtete, wie Yannis schließlich Nina erreichte und beide einander an den Armen packten. Zusammen gingen sie unter, tauchten wieder auf. In dem Moment traf uns eine weitere Welle, und noch eine. Dann konnte ich sie nicht mehr sehen.

»Geri!«, schrie ich. »Was machen wir?«

»Rudern«, kreischte sie.

»Wohin?«

Sie drehte den Kopf hin und her. Zum ersten Mal hatte sie keine Antwort, weil es keine Antwort gab.

Yannis und Nina waren aus unserem Blickfeld entschwunden. Zusammen mit Geri paddelte ich wie verrückt, um die Wellen zu durchschneiden, die sich ringsum brachen. Der Wind schlug mir so hart ins Gesicht, dass mir Tränen über die Wangen liefen. Ich konnte kaum etwas sehen, wusste nur so viel, dass wir das Boot im Kreis zu drehen schienen wie einen Plattenteller.

Wir haben sie nie gefunden. Nach zehn Minuten stöhnten meine schwachen Muskeln vor Schmerz. Ich fiel nach hinten, klagte lauthals »NEIN!« und wurde sofort wieder von einer Welle erfasst, als wollte sie mich zum Schweigen bringen. Der Wind heulte. Das Boot war bis zu den Waden mit Meerwasser gefüllt. Die anderen hielten sich an ihren Seilen fest und starrten auf den Horizont, vermieden Blicke, die das Offensichtliche ausdrückten. Zwei Weitere waren uns genommen worden. Zwei Weitere waren verloren. Im qualvollen Getöse des Meeres konnte ich das Prahlen hören: *Ihr werdet niemals entkommen. Ich werde euch alle kriegen.*

~

Stundenlang sprach niemand ein Wort. Der Sturm zog vorüber, der Regen blieb fern, und am nächsten Morgen kehrte die Sonne zurück wie ein unermüdlicher, böser Geist, der sich für seine tägliche Schicht einstempelte. Wir starrten auf unsere Füße. Was gab es noch zu sagen? Fünf Tote von diesem Rettungsboot, dazu Dutzende, die beim nächtlichen Untergang der *Galaxy* umgekommen waren. Das Meer sammelte uns nacheinander ein.

Bisweilen murmelte Lambert unzusammenhängende Dinge, etwas über Telefonate und »Sicherheitsdienst! Ruft den Sicherheitsdienst!«. Dummes Zeug. Ich beachtete ihn nicht weiter. Die kleine Alice schmiegte sich an Geri und drückte deren Arm. Ich dachte an den Morgen, als Mrs Laghari ihr das Haar richtete, sich die Fingerspitzen leckte und damit die Augenbrauen glatt strich, beide lächelten, als sie sich umarmten. Als wären seither Jahre vergangen.

Und Nina? Arme Nina. Von dem Moment an, da ich ihr auf der *Galaxy* begegnet bin, wollte sie an das Beste im Menschen glauben – und ging in den Tod, erfüllt von dem Glauben, der Fremde im Boot würde sie retten. Er tat es nicht. Er tat rein gar nichts. Welche zusätzlichen Beweise für seine absurde Heuchelei brauchen wir noch? Einmal erzählte sie mir, sie habe den Herrn über Gebete befragt. Er hatte erklärt, alle Gebete würden erhört, »aber manchmal lautet die Antwort Nein«.

Ich nehme an, so war es auch bei Nina. Das macht mich wütend. Wenn ich den Mann anschaue, erwidert er meinen Blick mit ruhiger, friedfertiger Miene. Ich kann mir nicht vorstellen, was er fühlt oder denkt, Annabelle. Oder ob er überhaupt etwas fühlt und denkt. Als wir noch Nahrung hatten, aß er. Als uns noch Wasser zur Verfügung stand, trank er. Seine

Haut ist ebenso wund und blasig wie die unsere. Sein Gesicht ist hohl – und knochiger als zu dem Zeitpunkt, da wir ihn im Meer entdeckten. Doch er äußert keine Klagen. Er scheint nicht zu leiden. Vielleicht ist Einbildung seine beste Verbündete. Wir alle suchen nach einer Sache oder Person, die uns rettet. Er gibt vor, sie zu sein.

~

Gestern früh sah ich beim Aufwachen, dass Geri mit dem Flickzeug hantierte.

»Was machst du da?«, murmelte ich.

»Ich muss versuchen, den Boden zu flicken, Benji«, sagte sie. »Wir haben nicht genug Leute, um das Wasser aus dem Boot zu schöpfen. Wir werden sinken.«

Erschöpft nickte ich. Seit dem Haiangriff, durch den ein Loch ins untere Schlauchmaterial gerissen wurde, hat einer von uns ständig Wasser vom geneigten Bootsboden über Bord geschüttet. Eine endlose, strapaziöse Aufgabe, nur deshalb erträglich, weil wir zahlreich waren. Aber Lambert ist langsam im Schöpfen, außerdem hat er zuletzt nicht mitgemacht. Die kleine Alice gibt sich Mühe, ermüdet jedoch schnell. Bleiben nur noch Geri, Jean Philippe, der Herr und ich. Trotz gemeinsamer Anstrengung haben wir nicht mehr die nötige Kraft dafür.

»Aber die Haie, Miss Geri«, warf Jean Philippe ein. »Was ist, wenn sie zurückkommen?«

Geri reichte ihm ein Paddel, mir das andere. »Schlag

ihnen mit voller Wucht auf den Kopf«, erwiderte sie. Als ihr meine Reaktion auffiel, senkte sie die Stimme. »Benji, wir haben keine Wahl.«

Wir geduldeten uns, bis die Sonne hoch am Himmel stand. Dann ist es eher unwahrscheinlich, dass Haie nach Nahrung jagen. Während Jean Philippe und ich wie zwei ausgelaugte Wächter mit erhobenen Paddeln über dem Bootsrand lehnten, holte Geri tief Atem und ließ sich ins Wasser fallen.

Die nächste halbe Stunde verlief so, als säßen wir in einem abgedunkelten Haus und warteten, bis sich der Mörder zu erkennen geben würde. Niemand sagte etwas. Unsere Blicke schweiften suchend über die Meeresoberfläche. Mehrmals tauchte Geri auf und verschwand wieder in der Tiefe. Sie fand zwar das Loch, das ihr zufolge klein war, doch unter Wasser erwiesen sich Klebstoff und Flicken als unbrauchbar.

»Ich werde es mit etwas Dichtungsstoff versuchen und ihn festnähen«, sagte sie.

Erneut beobachteten wir angespannt das Wasser. Nach zwanzig Minuten berichtete Geri, sie habe die Stelle so weit wie möglich repariert. Dann tauchte sie noch einmal unter.

»Was macht sie jetzt?«, fragte ich.

Als sie wieder hochkam, waren ihre Hände voll mit Seegräsern und Rankenfußkrebsen, die sie ins Boot warf. Wir zogen sie an Bord.

»An der Unterseite dieses Bootes befindet sich ein

ganzes … Ökosystem«, keuchte sie. »Rankenfußkrebse. Sargassum-Algen. Ich habe Fische gesehen, aber sie zerstreuten sich … zu schnell … Sie leben von dem, was an der Unterseite wächst.«

»Das ist doch gut, oder?«, fragte ich. »Die Fische. Vielleicht könnten wir einen fangen?«

»Schon …« Sie nickte, noch immer nach Luft ringend. »Aber … hinter denen sind auch die Haie her.«

~

Nun muss ich dir, Annabelle, eine weitere Sache berichten, bevor ich mich dann ausruhen werde. Das Schreiben verlangt mir viel ab. Die Gedanken verarbeiten. Nachgrübeln über all das, was nichts mit Wasser und Nahrung zu tun hat. Ich half Geri dabei, Luft in das reparierte Schlauchmaterial zu pumpen. Das dauerte eine Stunde. Dann fielen wir beide unter das Verdeck zurück. Selbst diese einfache Tätigkeit war äußerst kraftraubend.

Wie dem auch sei. Letzte Nacht wurden wir, in einem Augenblick der Gnade, Zeuge einer überirdischen Erscheinung. Es war nach Mitternacht. Im Schlaf verspürte ich durch die geschlossenen Lider eine sonderbare Empfindung, so als wären in tiefer Dunkelheit Lichter eingeschaltet worden. Ein tiefes Atmen drang an mein Ohr, und als ich die Augen öffnete, bot sich mir ein absolut faszinierender Anblick.

Das gesamte Meer glühte.

Das Wasser wurde unter der Oberfläche wie von einer Million kleiner Glühbirnen beleuchtet, wodurch sich ein bläulich weißer Schimmer immer weiter bis zum fernen Horizont ausdehnte. Das Meer war totenstill, als hätte es sich hier vor Ort niedergelassen und vollkommen geglättet – was wiederum den Effekt hervorrief, auf eine riesige Fläche aus glühendem Glas zu schauen. Das kam mir derart wunderbar vor, dass ich mich fragte, ob mein Leben beendet sei und diese prächtige Szenerie ihm nachfolge.

»Was ist das?«, flüsterte Jean Philippe.

»Dinoflagellaten«, erwiderte Geri. »Eine Art Plankton. Sie glühen, wenn sie gestört werden.« Nachdenklich fügte sie hinzu: »Die sollten nicht so weit draußen sein.«

»In meinem ganzen Leben«, staunte Jean Philippe, »habe ich dergleichen noch nie gesehen.«

Ich spähte zum Herrn. Die kleine Alice schlief neben ihm. *Wach auf, Kind,* wollte ich sagen. *Betrachte solch ein Wunderwerk, bevor wir sterben.*

Doch ich schwieg. Tatsächlich konnte ich mich kaum bewegen und starrte, von Ehrfurcht ergriffen, auf das glühende Meer. In dem Moment wurde ich mir der eigenen Nichtigkeit deutlicher bewusst als irgendwann sonst in meinem Leben. Es braucht sehr viel, um sich in der Welt groß zu fühlen, aber nur einen Ozean, um sich winzig zu fühlen.

»Benji«, flüsterte Jean Philippe mir zu, »glaubst du, dass der Herr dies geschaffen hat?«

»*Unser* Herr?«, fragte ich leise zurück, den Kopf kurz nach hinten drehend.

»Ja.«

»Nein, Jean Philippe. Ich glaube nicht, dass er dies geschaffen hat.«

Ich sah, wie sich das bläuliche Licht in seinen Pupillen widerspiegelte.

»Etwas muss es aber hervorgerufen haben.«

»Etwas«, sagte ich.

»Etwas Großartiges«, ergänzte er und lächelte. Das Boot schaukelte sanft auf dem Wasser.

Am nächsten Morgen war Jean Philippe verschwunden.

Land

LeFleur und Polizeipräsident Sprague beobachteten, wie sich der Mann im Anzug dem orangefarbenen Rettungsboot näherte. LeFleur bewegte seine Schuhe im Sand. *Dieser Typ konnte doch unmöglich etwas vom Notizbuch wissen, oder?*

»Glaubst du, dass es irgendjemand von der *Galaxy* tatsächlich bis zu diesem Boot geschafft hat?«, fragte Sprague.

»Wer weiß?«, erwiderte LeFleur.

»Genau.«

LeFleurs Mobiltelefon klingelte. Er blickte kurz aufs Display.

»Mein Büro«, erklärte er.

Er wandte sich ab und hob das Telefon zum Ohr, ließ den Mann beim Boot aber nicht aus den Augen.

»Katrina?«, antwortete er mit leiser Stimme. »Ich bin gerade beschäftigt …«

»Hier ist ein Mann, der dich sprechen möchte«,

sagte seine Assistentin. »Er wartet schon eine ganze Weile.«

LeFleur spähte auf seine Uhr. *Verdammt.* Rom. Er hatte ihm gesagt, um die Mittagszeit vorbeizukommen. Zugleich sah er, wie sich der Mann ins Boot lehnte und mit der Hand über die Ränder fuhr, nah bei der nun leeren Innentasche. Wurde er stutzig? Bemerkte er etwas?

»Jarty?«, sagte Katrina.

»Was?«

»Er hat nach einem Umschlag gefragt. Ist das okay?«

»Ja, ja, meinetwegen …«, murmelte LeFleur.

Der Mann erhob sich. »Wir müssen dieses Ding von hier abtransportieren!«, rief er. »Können Sie einen Laster besorgen?«

»Sofort«, rief Sprague zurück und gab LeFleur mit dem Finger ein Zeichen.

»Ich muss auflegen, Katrina«, fügte er hinzu. »Sag Rom, sich nicht von der Stelle zu rühren.«

ACHT

Meer

Diese Nachricht habe ich an dem Morgen, als Jean Philippe verschwand, in meinem Notizbuch vorgefunden:

Lieber Benji –
Während du schläfst, denke ich über vieles nach. Ich greife ins Wasser, um das blaue Licht zu berühren. Plötzlich sehe ich einen großen Fisch. Er schwimmt nah ans Boot. Ich nehme das Paddel und warte. Er kommt zurück, und ich schlage kräftig auf ihn ein. Ich treffe ihn genau richtig. Er hört auf zu schwimmen, und ich packe ihn.
Ich bin glücklich, weil es Fisch zu essen gibt. Aber uch traurig, weil ich ihn getötet habe.
Ich will nicht mehr in dieser Welt sein, Benji, und Dinge nehmen. *Ich möchte, dass meine letzte Handlung ein* Geben *ist. Esst den Fisch,*

du und die anderen. Bleibt am Leben. Ich möchte mit meiner Bernadette zusammen sein. Ich weiß, dass sie in Sicherheit ist. Ich glaube, letzte Nacht ließ sie mich den Himmel sehen. Sie sagt, Gott warte auf mich.
Ich bete darum, dass du nach Hause zurückkehren kannst. Den Fisch habe ich in die Tasche gelegt.
Möge der Herr dich beschützen, mein Freund.

Ich schloss das Notizbuch und ließ den Kopf hängen. Ich weinte so sehr, dass mir die Brust schmerzte, doch meine Augen blieben trocken wie Staub. So leer bin ich schon, Annabelle. Nicht einmal Wasser für die Tränen ist mir geblieben.

~

Das war gestern. Als ich Geri davon berichtete, nahm sie das Notizbuch, las die Nachricht selbst, gab es mir dann zurück und kroch direkt zur Notfalltasche.

Es war ein großer Fisch, wie Jean Philippe versprochen hatte. »Eine Goldmakrele«, sagte Geri. Mit ihrem Messer zerlegte sie sie rasch in die verzehrbaren, nützlichen und übrigen Bestandteile. Wir fünf aßen sofort etwas davon. (Wir fünf? Kann das wirklich wahr sein?) Anschließend nahm sie ein Stück Schnur, um die fleischigen Reste daran aufzuhängen. Sie werden in der Sonne trocknen und uns für ein, zwei weitere Tage ernähren.

Als ich gerade diese Reste anstarrte und um Jean Philippe trauerte, rutschte der Herr zu mir herüber und lehnte sich gegen den Bootsrand. Sein gelockter, dichter Haarschopf war feucht und glänzend, sein dunkler Bart nun ziemlich buschig.

»Wusstest du über Jean Philippe Bescheid?«, flüsterte ich.

»Ich weiß alles.«

»Wie konntest du zulassen, dass er sich das Leben nimmt? Warum hast du ihm das nicht ausgeredet?«

Er sah mir direkt in die Augen. »Warum hast du es nicht getan?«

Mein Körper zitterte allmählich vor Wut. »Ich? Das konnte ich nicht! Ich wusste es doch nicht! Er hat diese Entscheidung allein getroffen!«

»Das stimmt«, sagte der Herr sanftmütig. »Er beschloss es aus freien Stücken.«

Ich starrte ihn an, diesen überheblichen, verblendeten Fremden, der es genoss, so zu handeln, als würde er damit die Welt beherrschen. In dem Moment hatte ich für ihn nichts als Verachtung übrig.

»Wenn du tatsächlich Gott wärst«, schäumte ich, »hättest du ihn aufgehalten.«

Er blickte aufs Meer und schüttelte den Kopf.

»Gott *beginnt* die Dinge«, sagte er. »Der Mensch beendet sie.«

Land

In seinem Jeep raste LeFleur die Hauptstraße der Insel entlang. Der Wagen, in dem Sprague und der dunkelblau gekleidete Mann saßen, folgte ihm. Dahinter fuhr ein Lastwagen, der das Rettungsboot transportierte.

Wieder klingelte LeFleurs Mobiltelefon.

»Ja, Katrina?«, meldete er sich unwirsch, einen Anruf aus dem Büro erwartend.

»Inspektor, hier ist Arthur Kirsh vom *Miami Herald*. Wir sprachen neulich abends miteinander.«

»Wir haben nicht wirklich miteinander gesprochen«, korrigierte ihn LeFleur. »Ich will nicht …«

»Uns liegt die Bestätigung vor, dass ein Rettungsboot von der *Galaxy* auf Montserrat gefunden wurde und dass Sie an der Entdeckung beteiligt waren.«

»Das stimmt nicht! Ich habe lediglich einen Anruf erhalten.«

»Also *ist* es entdeckt worden?«

Verdammt, dachte LeFleur. *Warum führen einen diese Typen immer an der Nase herum?*

»Wenn Sie Informationen wollen, sollten Sie den Polizeipräsidenten kontaktieren.«

»Wurde sonst irgendetwas gefunden? Von den Insassen?«

»Wie ich schon sagte, Mr. Kirsh, rufen Sie den Polizeipräsidenten an.«

»Sie wissen, dass die Leute von *Sextant* gerade ein Team auf Ihre Insel schicken?«

»Wer ist das?«

»*Sextant Capital.* Die Investmentgesellschaft von Jason Lambert. Und wenn ich morgen dort ankommen sollte, wo würde ich Sie finden?«

»Finden Sie den Polizeipräsidenten«, blaffte LeFleur. »Und rufen Sie mich nicht mehr an.«

Er beendete die Verbindung und schaute auf seine Uhr. Fünfzehn Uhr. Drei Stunden später, als er mit Rom für ihr Treffen vereinbart hatte. Das ließ sich nun nicht mehr rückgängig machen. Zunächst musste LeFleur im Hauptquartier erscheinen und seinem Vorgesetzten erklären, warum er ihn nicht sofort über die Angelegenheit in Kenntnis gesetzt (»Es war Sonntag, Lenny!«) und wie er das Rettungsboot überhaupt entdeckt hatte (»Ein Herumtreiber fand es in Marguerita Bay ...«). Sprague war nicht erfreut. Er sagte, die Reporter würden mit diesem Herumtreiber reden wollen, weshalb LeFleur ihn rasch herbeischaffen sollte.

»Vermassel das nicht, Jarty. Es könnte für Montserrat eine große Bedeutung haben.«

»Was meinst du?«

»Der Tourismus ist am Boden. Wer kommt denn noch hierher außer Trotteln, die eine Todestour durch die Sperrzone machen wollen? Das ist unsere Chance, diese Situation zu ändern.«

»Und wie soll das geschehen?«

»Indem wir die Geschichte ändern und veranlassen, dass Montserrat bekannt wird für etwas, das nichts mit dem Vulkan zu tun hat. Dieser Typ war reich, Jarty. Alle seine Freunde waren reich – und obendrein berühmt. Die Sache wird viel Aufmerksamkeit erregen.«

LeFleur war fassungslos. »In dem Boot sind Menschen gestorben, Lenny. Darauf baut man keinen Tourismus auf.«

Sprague neigte den Kopf. »Woher willst du wissen, dass in dem Boot jemand gestorben ist?«

»Ich … weiß nicht«, stammelte LeFleur. »Ich habe vermutet …«

»Keine Vermutungen, okay? Bring mir einfach den Kerl, der es gefunden hat.«

~

Als LeFleur vor seiner Dienststelle anhielt, kreisten seine Gedanken um das Notizbuch und die Seiten, die er gelesen hatte. Er dachte über den Fremden auf dem

Rettungsboot nach, der sich zunächst geweigert hatte, die anderen zu retten.

Das kann ich nur dann tun, wenn jeder hier glaubt, dass ich bin, der ich meinen Worten nach bin.

Diese Passage erregte LeFleurs Unwillen. Denn er selbst hatte ja sofort nach dem Tod seiner Tochter nicht mehr auf Gott vertraut. In seiner Vorstellung gab es keinen Platz für eine wohltätige Macht, die nicht einmal bereit war, bei einer Vierjährigen Milde walten zu lassen. Beten war verlorene Mühe, der Glaube reine Zeitverschwendung, schlimmer noch: eine Schwäche. Eine Art Krücke, mit deren Hilfe man das eigene Unglück auf einer illusorischen Waage ablud, die nach dem Tod und der Ankunft in einem »besseren« Himmel ins Gleichgewicht kommen würde. Was für ein Mist! Für LeFleur verhielt sich die Sache bildlich gesprochen so: Entweder man floh vor einem Vulkan – oder man rührte sich nicht von der Stelle und drohte ihm immer wieder mit der Faust.

Er betrat sein Büro, wo Katrina gerade das Telefon auflegte. Sie schien verärgert.

»Da bist du ja. Ich hab versucht, dich anzurufen!«

»Mein Telefon war ausgeschaltet. Ein Reporter ist mir auf den Wecker gefallen.«

»Der Mann ist weg.«

»Rom?«

»Er hat mir seinen Namen nicht gesagt. Zwei Stunden lang saß er auf der Veranda. Ich hab ihm Ginger Beer angeboten, und er nahm dankend an.

Aber als ich es nach draußen brachte, war er verschwunden.«

»Wohin ist er gegangen?«

»Keine Ahnung, Jarty. Er war barfuß. Wohin könnte er gehen? Ich hab sicher zehnmal versucht, dich zu erreichen!«

LeFleur stürzte zur Tür hinaus. »Ich werde ihn finden!«, rief er über seine Schulter hinweg. Katrina war schnell genervt, das konnte er jetzt nicht gebrauchen. Er warf die Aktenmappe auf den Beifahrersitz und sprang in den Jeep. Rom. Allmählich wünschte er sich, diesem Typ nie begegnet zu sein.

Meer

Heute sahen wir ein Flugzeug.

Geri hat es als Erste entdeckt. Wir sind derart geschwächt, dass wir die meiste Zeit des Tages nur unter dem Verdeck liegen, in den Schlaf gleiten und wieder daraus erwachen. Geri hatte sich ans Heck des Rettungsbootes geschleppt, um ein weiteres Mal vergeblich den Sonnendestillator zu überprüfen. Die Hand schützend über die Augen haltend, schaute sie zum Himmel auf.

»Flugzeug«, keuchte sie.

»Was hast du gesagt?«, murmelte Lambert.

Geri deutete nach oben.

Lambert rollte sich auf den Rücken und kniff die Augen zusammen. Als er es sichtete, versuchte er aufzustehen, was er seit Tagen nicht gemacht hat. »Hey! … Ich bin hier! Ich bin hier!« Er wollte die Arme schwenken, aber sie fielen wie schwere Hanteln an ihm herab.

»Es fliegt zu hoch«, sagte sie schwer atmend.

»Leuchtpistole!«, krächzte Lambert.

»Zu hoch!«, wiederholte Geri. »Wird uns nie bemerken.«

Lambert torkelte über den Bootsboden zur Notfalltasche. Geri warf sich vor ihn.

»Nein, Jason!«

»Leuchtpistole!«

»Das wäre nur Verschwendung!«

Ich war zu erschöpft, um mich zu bewegen. Mein Blick wanderte zwischen beiden und dem Himmel hin und her. Ich konnte das Flugzeug kaum erkennen. Es glich einem glänzenden Fleck, der durch die hohen Wolken trieb.

»Die sind wegen mir hier, verdammt!«, brüllte Lambert. Er stieß Geri zurück und kramte die Tasche hervor.

»Nein, Jason!«, schrie sie.

Doch Lambert hatte jetzt die Leuchtpistole in der Hand. Er schwang seinen Arm wild durch die Luft, und während er aus dem Gleichgewicht geriet, drückte er ab, worauf das Geschoss seitwärts über die Meeresoberfläche flog, ein grell rosafarbener Feuerball, der etwa vierzig Meter entfernt im Wasser erlosch und versank.

»Mehr!«, brüllte Lambert. »Gib mir mehr davon!«

»Hör auf, Jason! Es reicht!«

Er war auf den Knien, durchwühlte mit seinen wulstigen Fingern die Sachen am Boden, schleuderte sie auf der Suche nach weiteren Patronen beiseite. Sein dicker Bauch waberte hin und her.

»Ich bin hier, ich bin hier«, faselte er in einem fort. Geri erspähte die zwei verbliebenen Patronen, hechtete nach ihnen, riss sie an sich und kroch zum Bootsrand zurück.

»Gib die mir!« Lambert rutschte ihr auf den Knien hinterher. »Gib die mir auf der Stelle …«

Bumm! Aus dem Nirgendwo prallte der Herr gegen Lambert und schmetterte ihn mit der vollen Kraft seiner Schultern zu Boden. Er bewegte sich so schnell, dass ich ihn nicht hatte kommen sehen.

Lambert stöhnte vor Schmerz. Der Herr half Geri auf die Knie, wandte sich dann seelenruhig mir zu und sagte: »Benjamin, leg die Sachen zurück in die Tasche.«

Ich hob die Augen zum Himmel. Das Flugzeug war verschwunden.

~

Mir wird bewusst, dass ich schon länger nicht über die kleine Alice geschrieben habe. Manchmal bleiben stille Menschen unbeachtet, als würde ihr Mangel an Worten sie unsichtbar machen. Aber still sein und unsichtbar sein ist nicht dasselbe. In Gedanken beschäftige ich mich oft mit ihr. So wenig ich meinen eigenen Tod begreifen kann, geht mir doch ihr möglicher Tod am meisten nah.

Früher, als wir noch zahlreicher waren und die

Kraft dafür hatten, diskutierten wir, woher Alice gekommen sein könnte. Lambert erinnerte sich nicht an sie, aber auf seiner eigenen Jacht waren ihm ja viele Leute – einschließlich ich – völlig unbekannt. Yannis meinte, an jenem Freitagnachmittag sei eine Rockband in mehreren Hubschraubern gekommen, und unter den eingetroffenen Personen hätten sich auch Kinder befunden. Vielleicht war sie eines davon.

Ein ums andere Mal haben wir sie gefragt: »Wie heißt du?«, »Wie heißt deine Mami?« und »Wo wohnst du?« Doch offenbar kann sie sich nicht mitteilen. Dennoch nimmt sie alles genau wahr. Ihre Augen bewegen sich schneller als unsere.

Übrigens, was ihre Augen betrifft, so haben sie zwei verschiedene Farben: blassblau und braun. Ich habe von dieser Disposition gehört – Geri kannte die Bezeichnung dafür, die mir schon wieder entfallen ist –, hatte sie jedoch nie zuvor gesehen. Dadurch wirkt ihr starrer Blick ein wenig unheimlich.

Meistens ist er auf den Herrn gerichtet. Sie bleibt an seiner Seite, als wüsste sie, dass er sie beschützen wird. Angesichts dessen denke ich zurück an die Lektionen, die mir in der Kirche beigebracht wurden – über Jesus und die Kinder und das Himmelreich, das ihnen gehört. Diesen Vers zitierte der Priester häufig, und dabei strich mir meine Mutter liebevoll über die Schultern. In dem Moment fühlte ich mich vor allem Bösen behütet. Es gibt keinen Glauben, der dem eines

Kindes gleichkäme. Ich habe nicht den Mut, Alice mitzuteilen, dass er fehl am Platz ist.

~

Inzwischen ist der Morgen angebrochen. Verzeih, Annabelle. Ich bin mit dem Notizbuch auf dem Schoß eingeschlafen. Aber ich muss vorsichtiger sein. Es könnte auf den durchweichten Bootsboden fallen und die Schrift unleserlich werden. Geri hatte eine Plastiktüte in ihrem Rucksack, und ich bin dazu übergegangen, das Notizbuch in dieser Tüte zu verwahren, um es besser zu schützen. Man weiß nie, wann eine Welle uns völlig durchnässen wird. Oder wann ich vielleicht überhaupt nicht mehr aufwache.

Drei Tage sind vergangen, seit Jean Philippe uns verließ. Wir haben das ganze Fleisch von seinem Fisch aufgegessen. Geri holte von der Unterseite des Bootes weitere Rankenfußkrebse und Seegräser herauf, durchsetzt mit winzigen Garnelen, die wir hinunterschlingen. Sie sind Häppchen, weniger als Bissen im normalen Leben. Aber wir genießen sie wie eine Mahlzeit, kauen bedächtig darauf herum und behalten sie so lange wie möglich im Mund – wenn auch nur, um uns daran zu erinnern, was essen bedeutet.

Süßwasser bleibt das größte Problem. Geri hat zigfach versucht, den Sonnendestillator in Gang zu bringen. Er wird nicht funktionieren. Ohne Süßwasser verkümmern wir zu Tode. Letzte Nacht öffnete ich die Augen und sah Lamberts breiten, fleischigen Rücken über den Bootsrand gebeugt. Zuerst vermutete ich, er würde sich übergeben, obwohl das seit einiger Zeit niemandem von uns widerfahren ist. Dann aber fiel mir auf, dass er den Kopf nach hinten neigte und den Arm zum Mund hob. In meiner schläfrigen Benommenheit habe ich mir darüber keine weiteren Gedanken gemacht. Aber heute Morgen erzählte ich es Geri, weshalb sie sich vornüberbeugte zu der Stelle, wo Lambert jetzt schlief, als würde sie nach etwas suchen. Schließlich tippte sie mir auf den Arm und deutete mit dem Finger in Lamberts Richtung. Dort lag, zum Teil von seinem linken Bein verdeckt, der Schöpfeimer.

»Er trinkt Meerwasser«, flüsterte Geri.

Nachrichten

MODERATOR: *Heute Abend gibt es eine wichtige Eilmeldung über eines der tragischsten Schiffsunglücke in der jüngeren Vergangenheit. Tyler Brewer berichtet.*

REPORTER: *Vor fast einem Jahr sank Jason Lamberts Jacht* Galaxy *im nördlichen Atlantik, fünfzig Meilen vor der Küste von Kap Verde. Heute heißt es in einer Bekanntmachung von der Karibikinsel Montserrat, über zweitausend nautische Meilen entfernt, dass ein Rettungsboot der Jacht an die dortige Küste gespült wurde. Das Boot war leer, aber Seefahrtexperten, die von Lamberts Investmentgesellschaft* Sextant Capital *engagiert wurden, untersuchen es auf Hinweise, wer sich darin befunden haben könnte und was der* Galaxy *in jener verhängnisvollen Nacht zugestoßen sein mag.*

Vierundvierzig Passagiere gelten seither als verschollen, darunter zahlreiche weltweit führende Per-

sönlichkeiten aus Politik, Wirtschaft, Kunst und Technologie. Durch die heutige Entdeckung wurden wieder Forderungen laut, die Suche in den Gewässern aufzunehmen, wo die Galaxy *untergegangen ist. Frühere Unternehmungen dieser Art hat* Sextant Capital *verhindert und als »fruchtlose Bemühung« bezeichnet, »die das seelische Leid der Hinterbliebenen nur noch vergrößern würde«. Außerdem hatte es damals Streitigkeiten gegeben, wer die Kontrolle über diese internationalen Gewässer ausübt. Unklar ist, inwieweit die gegenwärtigen Entwicklungen daran etwas ändern.*

MODERATOR: *Tyler, wissen wir, wie oder von wem das Boot entdeckt wurde?*

REPORTER: *Nicht zum momentanen Zeitpunkt. Die Polizei teilte lediglich mit, es sei an der Nordküste von jemandem gefunden worden, der am Strand war.*

MODERATOR: *Und wie wahrscheinlich ist es überhaupt, dass ein Boot diese weite Strecke über das Meer zurücklegt?*

REPORTER: *Schwer zu sagen. Einer der Experten, mit denen wir sprachen, hielt das für extrem unwahrscheinlich, meinte aber, für ein Boot stünden die Chancen immer noch viel besser als für irgendjemanden, der darin gesessen hatte.*

Meer

Tod.
Zwei sind jetzt noch übrig, Annabelle.
So vieles ist geschehen. Ich wünschte …
Liebe Annabelle …
Ade, Annabelle …
Gott ist klein

Land

»Was soll ich deiner Meinung nach tun, Lenny? Ich kann ihn doch nicht aus dem Nichts herbeizaubern!«

LeFleur knallte den Telefonhörer auf. Drei Tage ohne ein Zeichen von Rom. *Ich hätte ihn in einem verdammten Motel einsperren sollen.* Reporter schrien nach dem »Mann, der das Boot entdeckte«. Da sie seiner nicht habhaft werden konnten, drängelten sie sich um LeFleur. Manche von ihnen lauerten ihm jeden Morgen vor dessen Büro auf.

In einem Punkt hatte Sprague recht behalten. Das Interesse an dieser Geschichte war irrwitzig. Neben einem früheren US-Präsidenten und einigen namhaften Hightech-Milliardären waren auch die Mitglieder einer Rockband, mehrere berühmte Schauspieler und eine Fernsehreporterin auf der *Galaxy* ums Leben gekommen. Sie alle hatten Fans und Followers gehabt – fanatische Followers, wie LeFleur feststellte aufgrund von endlosen Telefonaten, Social-Media-

Beiträgen und ihm gestellten Fragen der Presseleute, deren Zahl auf der Insel täglich anwuchs.

Mit seinem Team hatte er viele Stunden lang die anderen Strände an der Nordküste durchkämmt auf der Suche nach etwaigen weiteren Spuren von der *Galaxy*. Das war Spragues Idee – und nichts als reine Show. Was dachte der sich denn? Nur weil ein Rettungsboot auf wundersame Weise den halben Atlantik überquert hatte, würde nun der Rest der Jacht folgen?

Natürlich war ein Gegenstand auf die Insel gelangt, von dem niemand wusste: das Notizbuch. LeFleur hatte es zu Hause in einer alten Aktenmappe versteckt. Es ins Büro zu bringen, war zu riskant. Jeden Abend wartete er ab, bis er und Patrice gegessen und sich bettfertig gemacht hatten. Sobald sie eingeschlafen war, schlich er sich nach unten und setzte seine Lektüre fort.

Der Knoten im Magen bestätigte ihm, dass er die Regeln verletzte – sowohl die strengen des Polizeiprotokolls wie auch die ungeschriebenen einer vertrauensvollen Ehe. Doch das Notizbuch hatte ihn förmlich hypnotisiert. Wenn er darin las, zog es ihn in seinen Bann, und so wollte er unbedingt erfahren, wie die Geschichte ausging. Das Papier war brüchig – und die Handschrift mühsam zu entziffern. Dies nach Mitternacht zu tun, ermüdete ihn umso mehr. Er hatte begonnen, Notizen anzufertigen und das Verhalten jedes der elf Bootsinsassen genau nachzuzeichnen. Außerdem sah er frühere Zeitungsartikel über die Passagiere der *Galaxy* durch, versuchte, die Namen mit den Berichten abzugleichen und sicherzustellen, dass es sich hier nicht um eine verrückte Fabelei handelte, die ein delirierender Mitreisender sich ausgedacht hatte.

In derart akribischer Nachforschung lag für ihn der Rechtfertigungsgrund, die Angelegenheit geheim zu halten. Selbst wenn sie ein Scherz war, was würde dann ihre Enthüllung bewirken? Nur Verwirrung und Kummer. So lautete die Geschichte, die er sich einredete, und jene Geschichten, die wir uns lange genug einreden, werden zu unseren Wahrheiten.

~

An dem Abend bat LeFleur Katrina, ihn nach Hause zu fahren. Er wollte noch einen Drink nehmen, und der Polizeijeep erregte zu viel Aufmerksamkeit.

»Okay«, erwiderte sie und stand auf. »Kommst du?«

»Fahr deinen Wagen zum Hinterausgang.«

Als er wartete, bis sie ums Gebäude gebogen war, betrachtete er flüchtig das Foto auf seinem Schreibtisch: Patrice und Jarty, die Lilly über einem Strandtuch hin und her schwenkten. Jeder Elternteil hielt eine Hand, während sie die Füße in die Höhe warf, das Gesicht strahlend vor Freude. Patrice liebte dieses Bild. Er ebenso. Aber jedes Mal, wenn jetzt sein Blick darauf fiel, fühlte er sich von seiner Tochter noch weiter entfernt, als wäre ein Seil zwischen ihnen durchtrennt worden, als würde sie in den Raum entschweben. Vier Jahre? Sie war so lange schon aus dieser Welt fortgegangen, wie sie in ihr gelebt hatte.

Katrina setzte ihn vor einem Lokal unweit seines Hauses ab. So konnte er hinterher zu Fuß heimgehen. Er griff nach einem Stuhl, bestellte ein Bier und sah sich unter den Einheimischen um, von denen einige Domino spielten. Manche erkannte er wieder und nickte ihnen zu. Es erleichterte ihn, die fremden Medienleute nicht in der Nähe zu haben. LeFleurs Gedanken schweiften zu dem Notizbuch und dem Mann, der darin geschrieben hatte. Benji. Benjamin. Ein Deckhelfer. Keiner von den berühmten Passagieren. Keiner der Reporter fragte nach ihm.

Plötzlich schwang die Tür auf, und ein Mann kam herein. An der Art seiner Kleidung – schwarze Jeans und Stiefel – und seines umherschweifenden Blicks bemerkte LeFleur sofort, dass er nicht von hier stammte. Sie stellten kurzen Augenkontakt her. Der Mann setzte sich ans Fenster. LeFleur hoffte, dass der andere nicht ein weiterer Journalist war, der sich unter die Einheimischen zu mischen versuchte, indem er scheinbar zufällig zu ihnen schlenderte und »harmlose« Fragen an sie richtete.

LeFleur nippte an seinem Bier. Zweimal ertappte er den Mann dabei, wie dieser ihn ansah. Das genügte. Er legte ein paar Scheine auf den Tisch und verließ das

Lokal, nicht ohne beim Hinausgehen den Fremden genau zu betrachten, so wie der ihn gemustert hatte. Heller Teint. Langes, strähniges Haar, leicht ergraut. Ein faltiges Gesicht, das auf Jahre harten Lebens schließen ließ.

LeFleurs Haus war sechs Blocks entfernt. Er wusste, dass Patrice ihn erwartete. Er bewegte sich langsam, sog die warme Abendluft ein. In dem Moment signalisierte sein Telefon eine Textnachricht. Er zog es aus der Hosentasche und las:

Glück gehabt und diesen Typ gefunden? – Len

LeFleur atmete tief aus. Im Gehen glaubte er, Schritte hinter sich zu hören. Er blieb stehen, drehte sich um. Die Straße war leer. Er setzte seinen Weg fort. Und wieder war da dieses Geräusch. Er fuhr herum. Niemand.

Nur mehr zwei Blocks von zu Hause entfernt, ging er zügiger. Erneut vernahm er die Schritte, widerstand aber der Versuchung, zurückzuschauen. Sollte, wer immer ihm auch folgte, erst einmal näher kommen, damit er die Person identifizieren konnte. Kaum war er um die Ecke gebogen, lag sein gelbes Haus direkt vor ihm. LeFleur spürte, wie seine Muskeln sich anspannten. Gerade wappnete er sich für eine Auseinandersetzung, als eine männliche Stimme an sein Ohr drang: »Entschuldigen Sie …«

Er drehte sich um. Es war der Typ aus dem Lokal.

»Entschuldigen Sie … Inspektor, nicht wahr?«

Er sprach mit einem leichten Akzent, den LeFleur nicht einordnen konnte.

»Hören Sie«, erklärte LeFleur, »ich habe den anderen Reportern alles mitgeteilt, was ich weiß. Wenn Sie weitere Informationen wollen …«

»Ich bin kein Reporter.«

LeFleur betrachtete den Mann von oben bis unten. Er schnaufte schwer, so als hätte ihn der Spaziergang an sechs Wohnblocks vorbei völlig erschöpft.

»Ich kannte jemanden. Auf der *Galaxy*. Er war mein Cousin.«

Der Mann atmete tief aus.

»Mein Name ist Dobby.«

NEUN

Meer

Meine liebe Annabelle. Es tut mir so leid. Habe ich dich erschreckt?

Ich betrachte meine letzte Seite. Es war größtenteils Gekritzel. Ich erinnere mich nicht einmal, wann ich jene Worte aufs Papier gebracht habe. Vor Wochen vielleicht. Die Tage und Nächte fließen jetzt trostlos ineinander. Doch in Anbetracht all der Geschehnisse verfüge ich zum ersten Mal über die nötige Klarheit des Geistes, um dir zu schreiben.

Ich habe mich am Leben gehalten durch Rankenfußkrebse und kleine Garnelen, die an der Unterseite des Bootes haften. Eines Morgens ist tatsächlich ein Fisch hereingepurzelt; das war Proviant für drei Tage. Aufgrund eines Regenschauers konnte ich kürzlich zwei Dosen mit kostbarem Trinkwasser füllen, das ich mir zwar einteilen muss – aber es genügt, um meine Zellen, meine Organe, meine Gedanken zu regenerieren. Der Körper ist eine erstaunliche Maschine, meine Liebe. Selbst mit einem Minimum an Nahrung kann er stotternd zu neuem Leben erwachen. Nicht zu vollen Leben. Nicht zu jenem Leben, das mir einst vertraut war. Und nicht einmal zu dem Leben, das ich mit den anderen in diesem Rettungsboot kennengelernt habe.

Aber ich bin hier. Ich bin am Leben.

Was für ein gewaltiger Satz: *Ich bin am Leben.* Als stamme er von einem eingeschlossenen Minenarbeiter, der im Stollen noch immer atmet, oder dem Mann, der aus einem brennenden Haus taumelt: *Ich bin am Leben.*

Verzeih mir. Meine Gedanken schweifen ab in entlegenste Winkel. Die Lage ist jetzt eine andere, Annabelle. Zwar treiben wir noch immer über den riesigen Atlantik, es gibt meilenweit nichts als unergründlich tiefes Wasser; und noch immer sitzt der Herr wenige Armlängen von mir entfernt und versucht, mich zu trösten.

Doch ich bleibe dank spärlicher Nahrung am Leben, weil es niemanden mehr gibt, mit dem sie zu teilen wäre.

Ich bin am Leben.

Die anderen sind fort.

~

Wie soll ich es erklären? Wo fange ich an?

Vielleicht bei Lambert. Ja. Ich werde mit ihm beginnen, denn alles beginnt mit ihm, und alle Geschichten, die mit ihm beginnen, scheinen am Ende schlecht auszugehen.

In meiner letzten Botschaft an dich schrieb ich, dass er Meerwasser getrunken hatte. Viele Male waren wir von Geri davor gewarnt worden, aber vermutlich konnte Lambert irgendwann nicht mehr anders. Er war ausgetrocknet, zugleich aber ringsum von endlosem Wasser umgeben – und er war es von jeher gewohnt, sich zu nehmen, was er wollte. Also wartete er, bis es dunkel wurde und wir alle eingeschlafen waren, fand den Schöpfeimer und bediente sich reichlich am Ozean, wie er sich im Leben an so vielen Dingen reichlich bedient hatte.

Nach mehreren Nächten wurde die Wirkung offensichtlich. Lambert veränderte sich. Er redete zunehmend wirr. Wie Geri mir erklärte, enthält Meerwasser viermal so viel Salz wie normales Wasser, und da unser Körper stets auf sein inneres Gleichgewicht bedacht ist, versuchen wir, das zusätzliche Salz mit dem Harn auszuscheiden. Außer wir sind dazu nicht in der Lage. Je mehr Salzwasser man demnach trinkt, desto mehr Flüssigkeit wird ausgeschieden, während das Salz im Körper zurückbleibt – was wiederum zur Folge hat, dass die Dehydrierung noch schneller voranschreitet, als wenn man durstig in der Sonne liegt. Damit geht ein Nachlassen der Körperfunktionen einher. Die Muskeln werden schwächer, ebenso die Organe. Das Herz schlägt schneller. Dem Gehirn wird weniger Blut zugeführt, wodurch man geradezu wahnsinnig werden kann.

Im Rückblick betrachtet war das wohl bei Lambert der Fall. Er murmelte vor sich hin, wurde apathisch und verfiel in eine Art Dämmerzustand. An einem heißen Morgen weckten uns dann seine Schreie: »Runter von meinem Boot!«

Er stand über dem Herrn und hielt ihm ein Messer an den Kopf.

~

»Runter von meinem Boot!« Diesen Satz brüllte er immer wieder. Die Sonne war noch nicht ganz aufgegangen, der Himmel durchzogen von unscharfen Streifen in tiefem Blau und Orange. Es herrschte bewegter Wellengang, das Boot schaukelte auf und ab. Schläfrig und kraftlos blinzelte ich mehrmals, ehe mir klar wurde, was gerade passierte. Dann sah ich, wie Geri sich auf die Ellbogen stützte und aufschrie: »Jason! Was machst du da?«

Die Hälfte des Verdecks lag aufgeschlitzt am Bootsboden. Aus irgendeinem Grund hatte Lambert es in Stücke geschnitten.

»Runter von … meinem BOOT!«, kreischte er erneut. Seine Stimme war so trocken wie der Rest von ihm. Er fuchtelte mit dem Messer vor dem Gesicht des Herrn hin und her. »Ihr seid … unnütz! Unnütz!«

Der Herr schien nicht erschrocken zu sein. Er hob

die Handflächen vor sich, wie um zur Besonnenheit aufzurufen.

»Jeder hier ist unnütz!«, fluchte Lambert. »Keiner von euch hat mich nach Hause gebracht!«

»Bitte, Jason«, beschwichtigte Geri, auf die Knie sinkend. »Du brauchst kein Messer. Beruhige dich.« Sie warf der kleinen Alice einen beschützenden Blick zu und tastete sich in den Raum zwischen Lambert und dem Mädchen vor. »Wir alle sind erschöpft. Aber uns wird es gut gehen.«

»Gut gehen, gut gehen«, spottete Lambert im Singsang. Er drehte sich dem Herrn zu. »Tu was, du IDIOT! Ruf um HILFE!«

Auch der Herr spähte zu Alice, um sich zu vergewissern, dass sie in Sicherheit war, und richtete die Augen wieder auf Lambert.

»Ich bin deine Hilfe, Jason Lambert«, sagte er sanftmütig. »Komm zu mir.«

»Zu dir kommen? Wieso? Um *nichts* ... zu tun? Jeder kann nichts tun. Schau! Wir ALLE können nichts tun! ... Du existierst nicht! Du bist unnütz! Du tust nichts!«

Seine Stimme senkte sich, verfiel in einen Flüsterton. »Ich glaube nicht an dich.«

»Aber ich glaube an dich«, erwiderte der Herr.

Lamberts Lider schlossen sich zuckend. Er wandte sich ab, als langweilte ihn das Gespräch. Für einen Moment dachte ich, er würde umkippen und bewusstlos werden. Doch dann riss er seinen Körper so schnell herum, dass ich mir dessen kaum gewahr wurde, streckte den Arm aus und fuhr mit dem Messer über den Hals des Herrn.

Der Herr griff nach seiner Kehle. Der Mund öffnete sich. Die Augen wurden größer. Wie in Zeitlupe sank er rückwärts über Bord und ins Meer.

»Nein!«, schrie Geri. Ich hörte buchstäblich auf zu atmen, konnte nicht einmal mehr blinzeln. Wie ein hypnotisiertes Tier starrte ich geradeaus, während Lambert rief: »Erledigt!«, und das Messer fallen ließ. Geri hechtete danach und verbarg es unter sich; unterdessen aber stampfte Lambert den Bootsboden entlang, ergriff die kleine Alice und hielt sie über den Bootsrand.

»Raus gehen wir!«, brüllte Lambert. »Raus gehen wir!«

Ich hörte, wie Alice ins Wasser platschte, und mein Herz pochte so laut, dass es mir in den Ohren dröhnte. Im Nu sprang Geri ihr hinterher und ließ Lambert mit mir zurück. Der raffte sich taumelnd hoch und wankte schwerfällig auf mich zu.

»Bye-bye, Benji!«, schrie er. Ich konnte nicht von der Stelle weichen. Es war, als würde ich mich gebannt von hinten beobachten. Seine blutunterlaufenen Augen, von Bart überwucherten Lippen, vergilbten Zähne und violett gefärbte Zunge – all das kam mir so nah, dass ich glaubte, er wollte mich mit Haut und Haaren verschlucken. Er holte nach meinem Kopf aus, worauf ich in letzter Sekunde – eher aus Feigheit als aus Mut – zu Boden sackte, als wäre die Luft aus mir herausgeströmt. So stolperte er über meinen Körper und landete mit einem Bauchklatscher in den Wellen.

Mein Brustkorb hob und senkte sich hastig. In meinem Kopf hämmerte es wie wild. Plötzlich war ich allein im Boot. Ich wälzte mich hin und her. Da sah ich, wie Geri die kleine Alice einholte, die, durch die Strömung ungefähr zehn Meter weggetrieben, verzweifelt mit den Armen ruderte. Auf der anderen Seite hörte ich Lambert ins Wasser schlagen und zusammenhanglose Laute von sich geben. Der Herr war nirgendwo zu entdecken.

»Benji!«, schrie Lambert spuckend. »Benji, *hilf* …«

Dieses Wort hatte er mir gegenüber noch nie in den Mund genommen. Seine fettleibige Gestalt kämpfte gegen den Dämon unter der Wasseroberfläche, der an seinen Fersen zog und flüsterte: *Das Ende ist gekommen, wehr dich nicht*. Ich hätte ihn diesem Dämon überlassen können. Vielleicht wäre das am besten gewesen, eingedenk dessen, wie abfällig er mich dauernd behandelt hatte. Vor meinen Augen ging er unter, tauchte wieder auf. Noch ein paar Sekunden, und er wäre für immer verschwunden. Nichts mehr von seiner selbstsüchtigen Wut. Kein Spott mehr. Und doch …

»Benji«, jammerte er.

Ich sprang über Bord.

~

Das Wasser, in dem ich mich seit dem nächtlichen Untergang der *Galaxy* nicht mehr aufgehalten hatte, versetzte mir einen Schock. Infolge der mangelnden körperlichen Betätigung waren meine Beine derart geschwächt, dass es einer außergewöhnlichen Anstrengung bedurfte, sie auch nur zu bewegen. Das war wohl der Grund, warum Lambert, durch seine Dehydrierung völlig ermattet, nicht einmal die kurze Strecke bis zum Boot zurücklegen konnte. Unter Aufbietung letzter Kräfte streckte ich ihm meine Arme entgegen. Er sah mich, reagierte jedoch nicht – seine Augen waren glasig, die Lippen standen offen. Er schluckte einen Mund voll Meerwasser, den er kaum auszuspucken vermochte. Ich packte seinen rechten Arm und schlang ihn mir um den Nacken. Der Mann war so schwer, dass es mir fast unmöglich erschien, uns beide zum Boot zurückzuschaffen – es war, als müsste ich eine Kühltruhe durch die aufgewühlte Dünung ziehen.

»Mach schon!«, drängte ich ihn. »Tret mit den Füßen ... Es ist direkt vor uns.«

Er murmelte etwas, während seine linke Hand wie eine sterbende Flosse schwach auf die Wasserfläche schlug.

»Benji«, wimmerte er.

»Ich bin hier«, ächzte ich.

»Warst ... du's?«

Ich starrte ihm ins Gesicht, von meinem nur wenige Zentimeter entfernt. Er warf mir einen flehenden

Blick zu. Allmählich versagten mir die Beine. Ich konnte ihn nicht länger halten. Ohne irgendeine Erklärung riss er sich plötzlich los und stieß mich weg.

»Hey, nein!«, schrie ich, als er davontrieb, und schwamm ihm hinterher. Er versank. Ich holte tief Luft und tauchte unter, um ihn nach oben zu ziehen. Sein Gewicht war jetzt noch größer. Schließlich gelang es mir, ihn an die Oberfläche zu hieven, aber seine Augen waren geschlossen, und sein Kopf fiel nach hinten. Er atmete nicht.

»Nein!«, brüllte ich, versuchte, ihn am Hemd zu zerren, nach seiner Schulter zu greifen, seinem Hals, doch immer wieder entglitt er meinen Fingern. Dann hörte ich Geri rufen.

»Benji! Wo bist du?«

Geri. Alice. Wer würde ihnen helfen, wieder an Bord zu gelangen? Ohne Insassen, die es nach unten drückten, trieb das Boot davon. Ich blickte über meine Schulter, entdeckte nun aber weder die beiden noch den Herrn. Das orangefarbene Boot war das Einzige, was sich vor dem endlos blauen Panorama aus Wasser und Himmel abzeichnete.

So schwamm ich mit schier platzenden Lungen bis zum Bootsrand. Ich versuchte, mich ins Innere zu ziehen, dachte daran, wie schwierig dies gewesen war nach dem Untergang der *Galaxy*. Im Bemühen, Lambert zu retten, hatte ich meine restliche Kraft aufgebraucht. Jeder Muskel von den Zehen bis zu den Kieferknochen fühlte sich taub an.

Zieh!, sagte ich mir. Ich rutschte ab. *Zieh! Im Innern ist das Leben, draußen der Tod. Zieh!* Mit einem letzten Ruck stemmte ich mich hoch bis zum Halsbereich, verlagerte dann das Gewicht auf die eine Schulter, wodurch mein Körper das Schlauchmaterial genügend zusammenpresste, mein Rumpf darüber hinwegglitt und nach vorn kippte. Mit den Händen musste ich die Beine einzeln hereinholen, so kraftlos waren sie. Aber ich erreichte den Bootsboden und war nie glücklicher gewesen, eine feste Fläche unter mir zu spüren.

In dem Moment hörte ich, wie Geri mit schwacher Stimme meinen Namen rief, und kroch über den Boden zu der Seite, wo sie und Alice im Wasser auf und ab schaukelten.

»Nimm sie, nimm sie!«, keuchte Geri. Der Gesichtsausdruck der kleinen Alice schien den meinen widerzuspiegeln – Mund und Augen vor Entsetzen weit aufgerissen. Geri schob sie hoch, und meine zitternden Hände zogen sie ins Innere. Sie fiel auf den Rücken.

»Bist du okay, Alice?«, rief ich. »Alice? Bist du okay?«

Sie starrte mich nur an. Ich wandte mich wieder Geri zu, deren Arme auf der Meeresoberfläche ruhten, ihr Kopf nach unten geneigt wie bei einer Marathonläuferin, die soeben das Rennen beendet hatte und sich ungläubig vergegenwärtigte, welch eine unfassbar lange Strecke hinter ihr lag. Ich war sprachlos vor Bewunderung für diese Frau. Bei jeder Wendung der Ereignisse hatte sie eine solche Stärke, einen solchen Mut gezeigt, wie ich ihn gern besessen hätte. Einen Atemzug lang fühlte ich, selbst inmitten des Schreckens, einen Anflug von Hoffnung, als könnten wir mit ihrer Hilfe irgendwie heil davonkommen.

»Los, Geri!«, sagte ich. »Komm zurück ins Boot.«

»Ja«, erwiderte sie schnaufend und hob die Arme. »Hilf mir mal.«

Ich stützte mich an der Seite ab, zog das Sicherheitsseil um meine Hüfte und streckte die Hand nach ihr aus.

Plötzlich änderte sich ihr Gesichtsausdruck. Sie verfiel in krampfartige Zuckungen, der Kopf bewegte sich ruckartig nach vorn.

»Was ist?«, fragte ich.

Sie senkte den Blick, schaute dann wie verwirrt zu mir auf. Ihr Kopf neigte sich, und die Arme fielen schlaff ins Wasser, als wäre ihnen alle Kraft entzogen worden. Der Körper sank zur Seite, und die Augen verdrehten sich.

»Geri …?«, schrie ich. *»Geri?«*

Eine sich rötlich ausbreitende Lache begann das Meer rings um sie zu verdunkeln. Ihr Rumpf stieg kurz an die Oberfläche, nicht aber ihre Beine.

»GERI!«

Da sah ich, dass zwei verschwommen graue Gestalten im Kreis trieben, um sich den Rest von ihr zu schnappen. Mein Körper zitterte, während ich, wie vom Blitz getroffen, begriff, wovor Geri uns immer wieder gewarnt hatte: *Spritzt nicht herum. Erregt keine Aufmerksamkeit. Haltet euch nicht länger im Wasser auf*. Die Haie waren nie davongezogen. Sie hatten nur ihre Runden gedreht, offenbar darauf wartend, dass wir einen Fehler machen.

Zutiefst schockiert wandte ich mich ab. Ich vernahm einen dumpfen Schlag außerhalb des Bootes und kniete mich direkt vor Alice, damit sie das Unheil weder sah noch hörte oder sich daran erinnerte. Ich betete darum, dass sich die Bestien mit nur einer von uns zufriedengeben würden. Das klingt schrecklich, aber in dem Moment empfand ich es so.

Die Kleine in den Armen haltend, brach ich angesichts dessen, was innerhalb weniger grausamer Minuten passiert war, in Tränen aus. Alle waren tot. Alle waren tot außer dem Kind und mir.

»Es tut mir leid!«, schluchzte ich. »Ich konnte sie nicht retten!«

Sie betrachtete meine Tränen mit einer Traurigkeit, die mir durch Mark und Bein ging.

»Sie sind alle verschwunden, Alice! Sogar der Herr.«

Daraufhin sprach das kleine Mädchen endlich.

»*Ich* bin der Herr«, sagte es. »Und ich werde dich nie verlassen.«

ZEHN

Land

»Mein Name ist Dobby.«

LeFleurs Herz begann, wild zu rasen. Dobby, der Typ aus dem Notizbuch? Dobby, der mit der Haftmine an Bord der Jacht gegangen war? Dobby, den der Verfasser als »wahnsinnig« und »Mörder« bezeichnet hatte? Schlagartig kamen ihm einzelne Sätze in den Sinn: *Ich kann verstehen, warum Dobby ihm den Tod wünschte ... Es war seine Idee, die* Galaxy *in die Luft zu sprengen.*

»Was wollen Sie?«, fragte LeFleur mit plötzlich trockener Kehle. Sie standen sich wie für einen Kampf auf dem Bürgersteig gegenüber, etwa dreißig Meter von seinem gelben Haus entfernt. Als Dobby nicht antwortete, fügte er hinzu: »Ich wohne in dieser Straße. Alle Nachbarn kennen mich. Sicherlich beobachten sie uns jetzt durch ihre Fenster.«

Als hätte ihn diese Aussage verwirrt, spähte Dobby zu den Fassaden und richtete dann den Blick wieder auf den Inspektor. »Mein Cousin«, sagte er. »Er heißt Benjamin Kierney. Er war auf der *Galaxy*. Ein Deckhelfer. Ich hatte gehofft, Sie wüssten vielleicht, was mit ihm passiert ist. Etwas mehr jedenfalls, als sie uns mitgeteilt haben.«

»Wer ist *sie*?«

»Die Leute von *Sextant Capital*. Diejenigen, denen die Jacht gehörte.«

»Was haben sie Ihnen mitgeteilt?«

»Nichts Brauchbares. ›Alle sind ums Leben gekommen. Es tut uns sehr leid.‹ Der übliche Mist.«

LeFleur zögerte. Welches Spiel trieb der andere? Er wusste doch, was geschehen war. Er war derjenige, der die Tat begangen hatte. Wollte Dobby ihn aushorchen, um zu erfahren, ob *er* ebenfalls Bescheid wusste? Sollte er diesen Mann auf der Stelle verhaften? Unter welcher Anklage? Und womit? Er trug weder Waffe noch Handschellen bei sich. Außerdem konnte er nicht genau einschätzen, wie gefährlich der Typ war. *Abwarten*, dachte er. *Weitere Informationen sammeln*.

»Da war nur ein Rettungsboot.«

»Gab es irgendwelche Lebenszeichen?«

»Was meinen Sie?«

»Einen Hinweis, dass jemand da drin war?«

LeFleur atmete durch, entspannte sich.

»Schauen Sie, Mr …«

»Dobby.«

»Dobby. Dieses Boot musste über zweitausend

Meilen zurücklegen, um hier anzukommen. Das sind mehr als zweitausend Meilen inmitten von Wellen, Winden, Stürmen, Meerestieren. Welche Chance hätte jemand gegen all das? Ein Jahr lang?«

Dobby nickte, als würde er etwas erfahren, dessen er sich bereits bewusst war.

»Es ist nur so, dass ...«

LeFleur wartete.

»Mein Cousin. Er hat immer einen Weg gefunden, sich durchzukämpfen. Sein Leben war hart, er stammte aus echt ärmlichen Verhältnissen. Er hätte viele Male aufgeben können. Aber er hat es nie getan. Als ich Berichte über das Rettungsboot las, dachte ich, so verrückt es auch klingt, aber dass er einen Weg gefunden hat, auch dieses Unglück zu überleben.«

»Sind Sie die ganze Strecke bis hierher geflogen, um das herauszubekommen?«

»Nun ... ja. Wir waren uns wirklich nah.«

Ein Auto fuhr die Straße entlang, seine Scheinwerfer strichen über die beiden hinweg. LeFleur rückte nach links, Dobby nach rechts. Jetzt standen sie auf gegenüberliegenden Seiten des Bürgersteigs. Angestrengt versuchte sich der Inspektor an weitere Details aus dem Notizbuch zu erinnern. Er musste die Lektüre unbedingt fortsetzen, um alles darüber zu erfahren, welche Rolle dieser Dobby eigentlich gespielt hatte.

Eine Idee nahm in seinem Kopf Gestalt an. Riskant. Aber welche Wahl hatte er?

»Wo wohnen Sie, Mr Dobby?«

»In der Stadt. In einer Pension.«

LeFleur warf einen kurzen Blick auf seine Veranda und die Laterne, die sie beleuchtete.

»Würden Sie gern etwas zu Abend essen?«, fragte er.

~

Eine Stunde später schlürfte LeFleur den von seiner Frau zubereiteten traditionellen Ziegeneintopf und zwang sich zu einem Lächeln, während Dobby redete. Patrice hatte die Situation spielend bewältigt. Ihr Mann war mit einem fremden Reisenden nach Hause gekommen. Natürlich konnten sie einen zusätzlichen Stuhl an den Tisch stellen. Dergleichen geschah nicht oft, aber insgeheim begrüßte sie es. Die Vereinsamung, die beide seit Lillys Tod ertragen mussten, hatte sich wie ein Schatten auf ihr Haus gelegt. Jeder neue Besucher brachte Licht herein.

»Aus welchem Teil Irlands stammen Sie, Dobby?«, fragte Patrice.

»Aus einer Kleinstadt namens Carndonagh. Sie liegt weit oben im Norden.«

»Wussten Sie, dass Montserrat ›die Smaragdinsel der Karibik‹ genannt wird?«

»Warum?«

»Weil sie die Form von Irland hat. Und viele Menschen, die vor Zeiten hierhergekommen sind, waren Iren.«

»Nun, ich hab Irland verlassen, als ich noch klein war«, erwiderte Dobby. »Bin in Boston aufgewachsen.«

»Wann sind Sie von Boston weggezogen?«, fragte LeFleur.

»Als ich neunzehn war.«

»Fürs College?«

»Ach was! Ich mochte die Schule nicht besonders. Benji ebenso wenig.«

LeFleur hatte den Eindruck, als wäre die Figur aus einem Buch zum Leben erwacht. Er wusste manches über diesen Mann, das dieser selbst noch nicht offenbart hatte. Er musste geduldig sein, ihn aus der Reserve locken.

»Was haben Sie danach gemacht?«

»Jarty«, sagte Patrice und tippte ihm auf die Hand. »Vielleicht lässt du unseren Gast erst mal essen?«

»Entschuldigung.«

»Nee, ist schon gut«, beschwichtigte Dobby, auf einem Brötchen kauend. »Ich hab etliche Sachen gemacht. Gelegenheitsarbeiten. Bin herumgereist. Schließlich im Konzertbetrieb gelandet.«

»Sie sind Musiker?«, fragte Patrice.

»War ich gern«, erwiderte Dobby lächelnd. »Ich kümmere mich um die Ausrüstung. Installiere sie. Bau sie ab. Ein Roadie, in Ermangelung einer besseren Bezeichnung.«

»Wie lustig«, sagte Patrice. »Bestimmt haben Sie eine Menge berühmte Leute getroffen.«

»Manchmal, ja. Aber berühmte Leute tun nicht viel für mich.«

»Was ist mit der Armee?«, hakte LeFleur nach. »Haben Sie je Militärdienst geleistet?«

Dobbys Augen verengten sich. »Wieso stellen Sie mir diese Frage?«

»Genau, Jarty«, warf Patrice ein. »Wieso?«

LeFleur spürte, wie er verlegen wurde. »Keine Ahnung«, murmelte er. »Bin einfach neugierig.«

Dobby lehnte sich zurück und fuhr mit der Hand durchs lange, strähnige Haar. Dann fragte Patrice: »Gibt es irgendwo auch eine Mrs Dobby?«, und das Gesprächsthema wechselte. LeFleur verfluchte sich im Stillen selbst. Er musste vorsichtiger sein. Wenn Dobby den Verdacht hegte, dass LeFleur über seine Tat Bescheid wusste, würde er möglicherweise von der Insel verschwinden, bevor man den Fall gegen ihn eröffnen konnte. Andererseits war LeFleur nicht in der Lage, ihn ohne Beweise zu verhaften. Beweise bedeuteten: das Notizbuch. Und das Notizbuch bedeutete: eine Erklärung dafür zu liefern, warum er es in seinen Besitz gebracht hatte. Entlang dieses Dreiecks bewegten sich seine Gedanken so intensiv, dass der weitere Verlauf des Gesprächs an ihm vorbeiging, bis er seine Frau sagen hörte: »… unsere Tochter Lilly.«

LeFleur blinzelte heftig.

»Sie war vier«, sagte Patrice und legte eine Hand auf die ihres Mannes.

»Ja«, murmelte er.

»Es tut mir aufrichtig leid für Sie beide«, erwiderte Dobby. »Dafür gibt es keine Worte.«

Er schüttelte den Kopf, als wäre die stumme Klage ein gemeinsamer Feind.

»Das verdammte Meer«, fügte er hinzu.

~

Nachdem LeFleur an jenem Abend Dobby vor der Pension abgesetzt hatte, parkte er auf der anderen Straßenseite und stellte den Motor ab. Etwas in ihm wollte diesen Mann nicht aus den Augen lassen.

Sein Telefon summte. Eine Textnachricht. Patrice.

Wir brauchen Kaffee. Bring welchen mit.

LeFleur biss sich auf die Lippe und schrieb ihr zurück.

Nehm einen Drink mit Dobby. Bin bald zu Hause.

Er tippte auf *Senden* und seufzte. Er hasste es, Patrice anzulügen. Er hasste die Kluft, die sich zwischen ihnen aufgetan hatte. Die Kluft, die neu aufgebrochen war. Tief im Innern war er seiner Frau böse gewesen, dass sie anscheinend mit Lillys Tod ihren Frieden geschlossen hatte, während er noch immer damit auf

Kriegsfuß stand. Sie glaubte, dieser Tod sei Gottes Wille. *Teil seines Plans.* In der Küche bewahrte sie eine Bibel auf, in der sie häufig las. Dann kam es LeFleur so vor, als wäre eine Tür ins Schloss gefallen, durch die er nicht schreiten konnte. Früher war er ein Gläubiger gewesen, und an dem Tag von Lillys Geburt hatte er sich tatsächlich gesegnet gefühlt durch eine Macht, die größer war als sie alle.

Aber nach ihrem Tod sah er die Dinge anders. Gott? Warum sollte er sich jetzt an Gott wenden? Wo war Gott, als seine Schwiegermutter im Liegestuhl einschlief? Wo war Gott, als seine Tochter ins Meer gespült wurde? Warum hatte Gott nicht dafür gesorgt, dass ihre Füße eine andere Richtung nahmen, zurück in Sicherheit, zurück zum Haus, zurück zu ihrer Mutter und ihrem Vater? Welche Art von Gott lässt ein Kind auf diese Weise sterben?

Es gab keinen Trost in unsichtbaren Kräften, nicht für LeFleur. Da war nur, was einem aufgebürdet und wie man damit fertigwurde. Gerade deshalb hatte dieses Notizbuch ihn so gefangen genommen – und manchmal auch enttäuscht. Eine Gruppe von Schiffbrüchigen meint, Gott säße mit im Boot? Warum haben sie Ihn nicht festgehalten und zur Rechenschaft gezogen für all die Schrecken, die Er in dieser Welt zulässt? LeFleur hätte es getan.

Er öffnete das Handschuhfach und nahm einen großen Schluck Whisky aus dem Flachmann. Dann griff er über den Sitz nach seiner Aktenmappe, entnahm ihr das Notizbuch, schaltete die Innenbeleuchtung ein und vertiefte sich wieder in die Geschichte. Er bemerkte nicht die zwei kleinen runden Linsen eines Fernglases, durch die Dobby ihn vom Fenster im zweiten Stock der Pension beobachtete.

~

Es war schon nach Mitternacht, als LeFleur die Lektüre mit der letzten Seite beendete.

Ich *bin der Herr. Und ich werde dich nie verlassen.*

Er ließ das Notizbuch in den Schoß sinken. *Das kleine Mädchen war der Herr?* Vergeblich suchte er nach weiteren Kapiteln. *Gut, das kleine Mädchen war der Herr.* Dieser Umstand erklärte immerhin bestimmte Aspekte der Handlung. Warum Alice ihre Rationen immer dem Herrn gab. Warum sie nicht sprach, die anderen dauernd im Blick behielt und über Benji wachte. Aber wer war der Mann, der behauptete, Gott zu sein? Warum durfte er sterben? Und warum rettete sie ihn ebenso wenig wie all die anderen?

Er spähte auf seine Uhr. Mitternacht vorbei. Das Datum auf der Anzeige hatte sich gerade geändert: 10. April.

Er erstarrte.

Lillys Geburtstag.

Sie wäre heute acht Jahre alt geworden.

Er presste seine Finger an die Stirn und bedeckte

die Augen mit den Handflächen. Erinnerungen an seine Tochter durchfluteten ihn. Sie ins Bett bringen. Ihr Frühstück zubereiten. Sie an der Hand halten, wenn beide eine Straße in der Stadt überquerten. Aus irgendeinem Grund beschäftigte ihn besonders die letzte Szene in Benjis Geschichte – Alice in dessen Armen, und wie sie wohl ausgesehen haben mochte. In seiner Vorstellung sah er statt ihrer Lilly.

LeFleur stieg aus dem Wagen, ging nach hinten und öffnete den Kofferraum. Er zog eine blassblaue, über den Ersatzreifen gebreitete Decke beiseite. In den Felgenkranz war etwas eingeklemmt, das er drei Jahre zuvor versteckt hatte. Ein kleines Stofftier: Lillys braunweißes Känguru. Er hatte es dort verstaut an dem Abend, als Patrice die Sachen ihrer Tochter in Kisten sammelte. Er wollte nicht, dass jeder Gegenstand seines Kindes weggepackt wurde. Und er wählte dieses Spielzeug, weil er es Lilly zu ihrem vierten Geburtstag geschenkt hatte. Ihrem letzten Geburtstag.

»Papi«, hatte Lilly an jenem Tag gesagt und auf einen Schlitz im Bauch des Kängurus gedeutet, »hier kommen die kleinen Kängurus rein.«

»Stimmt«, erwiderte LeFleur. »Diese Stelle nennt man Beutel.«

»Das Junge ist immer sicher im Beutel?«, fragte sie.

»Das Junge ist immer sicher bei seiner Mami.«

»Und seinem Papi«, ergänzte sie lächelnd.

Die Erinnerung an diesen Moment brach ihm das

Herz. Er schluchzte so heftig, dass seine Beine einknickten. Er presste das Känguru an die Brust. Sie hatten ihr Kind nicht behütet. Es war alles ihre Schuld. Er dachte an die Worte des kleinen Mädchens im Notizbuch: *Ich werde dich nie verlassen.*

Lilly hingegen hatte sie verlassen.

Nachrichten

MODERATOR: *Vor dem Hintergrund des tragischen Untergangs der Jacht* Galaxy *im letzten Jahr ergeben sich weitere neue Entwicklungen. Tyler Brewer kennt die Details.*

REPORTER: *Aufgrund der Nachricht, dass ein Rettungsboot der* Galaxy *auf der Karibikinsel Montserrat entdeckt wurde, haben die Familien der Opfer nochmals ihre Aufforderung bekräftigt, den Atlantischen Ozean nach Überresten abzusuchen.* Sextant Capital, *die frühere Investmentgesellschaft von Jason Lambert, gab heute bekannt, es werde unverzüglich ein Bergungsversuch unternommen. Deren Chef Bruce Morris ist Lamberts ehemaliger Geschäftspartner, der seither die Firma leitet.*

BRUCE MORRIS: *»Wir sind davon überzeugt, dass die aktuelle Nachricht eine umfänglichere Untersuchung des Schicksals der* Galaxy *rechtfertigt. Wir haben uns mit* Nesser Ocean Explorations *zusam-*

mengetan, dem weltweit führenden Unternehmen für Tiefsee-Erkundung, um das Gebiet, aus dem wir die letzten Notrufe der Galaxy *empfangen haben, zu durchforschen und dort Sonden auf den Meeresboden zu schicken. Falls etwas gefunden werden kann, werden wir es finden.«*

REPORTER: *Morris hat jedoch gewarnt, dass derartige Bemühungen häufig erfolglos verlaufen. Und selbst wenn etwas entdeckt würde, könnte ein solches Objekt wahrscheinlich nicht alle Fragen beantworten. Aber der Druck von seiten mehrerer Regierungen wie auch einflussreicher Familien hat immer mehr zugenommen, seit das Rettungsboot an der Küste von Montserrat aufgetaucht ist.*

MODERATOR: *Apropos Rettungsboot, Tyler, ist der Mann, der das Boot entdeckt hat, inzwischen ausfindig gemacht worden?*

REPORTER: *Vorläufig noch nicht. Die Medien hier vor Ort fragen jeden Tag nach ihm, aber bisher kam keine Antwort. Allerdings ist die Insel ziemlich klein. Daher scheint es kaum möglich, dass jemand für längere Zeit unbemerkt bleibt.*

Land

»Guten Morgen!«, sagte LeFleur fröhlich, als die Tür der Pension aufschwang. »Lust auf eine kleine Spritztour?«

»Wie spät ist es?«, grummelte Dobby und rieb sich das Gesicht.

»Gegen acht. Ich bin unterwegs zu dem Strand, wo wir das Boot entdeckt haben. Ich dachte, Sie würden ihn sich vielleicht gern mal anschauen.«

Dobby zog die Luft tief durch die Nase ein. Er trug ein schwarzes Rolling-Stones-T-Shirt und orangefarbene Laufshorts.

»Okay«, seufzte er. »Möchte ich eigentlich schon. Geben Sie mir ein paar Minuten, damit ich mir was anderes anziehen kann?«

»Klar. Ich warte im Jeep.«

LeFleur war mit einem Plan gekommen. Er wollte zunächst alleine mit Dobby sprechen und ihn dann mit den Details der Geschichte konfrontieren, die ihm bekannt waren. Keinesfalls wollte er irgendwelchen Reportern über den Weg laufen. Und es gab einen Ort, von dem er wusste, dass sie dort ungestört wären.

Eine Stunde später steuerte LeFleur den Jeep durch die düstere Landschaft der Sperrzone, während Dobby aus dem Fenster blickte. Hinter ihnen lagen die üppig grüne Vegetation und die sorbetfarbenen Häuser der Nordseite der Insel. An deren Stelle trat ein mondähnliches Gelände aus Schlamm und grauen Dünen. Gelegentlich war die Spitze einer Straßenlaterne oder die obere Hälfte eines Hauses zu sehen, die aus der Asche herausragten.

Die Sperrzone war die tote Seite von Montserrat, ein ödes, verwaistes Panorama, welches das Ende einer Welt und den Beginn einer anderen suggerierte. Vierundzwanzig Jahre nach dem Ausbruch des Soufrière Hills war der Zugang zu dem Gebiet noch immer verboten.

»Warum gibt es auf dieser Straße keine anderen Autos?«, wollte Dobby wissen.

»Nur autorisierte Fahrzeuge sind zugelassen.«

»Der Strand befindet sich dahinter?«

»Ja«, log LeFleur.

Wie gebannt starrte Dobby aus dem Fenster. »Wann ist der Vulkan ausgebrochen?«

»Neunzehnhundertsiebenundneunzig.«

»Bestimmt werden Sie dieses Jahr nie vergessen.«

»Nein«, erwiderte LeFleur. »Wir vergessen es niemals.«

Schließlich erreichten sie Plymouth, die einst größte Stadt der Insel. Hier hatten viertausend Menschen gelebt. Geschäfte und Restaurants florierten. Nun zeichnete sich Plymouth wie Pompeji durch aschfahle Ruinen aus. Seltsamerweise blieb es der offizielle Regierungssitz der Insel, allerdings ohne Einwohner – die einzige Hauptstadt der Welt, die zugleich Geisterstadt war.

»Das ist wirklich grauenhaft«, murmelte Dobby.

LeFleur nickte, schaute jedoch weiter geradeaus. In der Tat, wirklich grauenhaft. Aber schlimmer als der vorsätzliche Mord vieler unschuldiger Menschen auf einer Jacht? Er verstand Dobby nicht, dessen Reaktionen verwunderten ihn. Wenn die Ausführungen im Notizbuch sich mit der Wirklichkeit deckten, dann konnte Benjis »Cousin« seine Straftaten – und seine Schuld – unglaublich gut verbergen. Doch die entscheidende Frage stand nach wie vor im Raum: Wie war es Dobby gelungen, die *Galaxy* zu verlassen? Auf welche Art konnte er entkommen, wo doch alle anderen untergegangen waren?

»Ist das eine Kirche?«, fragte Dobby, mit dem Finger auf ein Bauwerk deutend.

LeFleur drosselte die Geschwindigkeit vor den Trümmern einer Kathedrale. »War es«, sagte er. Er dachte kurz nach. »Wollen Sie sie aus der Nähe betrachten?«

Dobby schien überrascht. »Gern. Wenn Sie Zeit haben.«

Kurz darauf betraten sie die durch den Lavastrom innen und außen verbrannte Ruine. Lichtstrahlen fielen zwischen den frei liegenden Querbalken herab, die vormals ein Dach abstützten. Einige Kirchenbänke standen weiterhin parallel zueinander, andere hingegen waren zerstört, ihre Bretter und Schienen aus den Fugen geraten, ringsumher verstreut. Asche bedeckte den Boden. Gebetsbücher lagen aufgeschlagen und verlassen da. An manchen Stellen wucherte grüner Bewuchs, die Natur eroberte den Raum zurück.

In der Mitte führten vier Stufen hinauf zu den Resten eines Rednerpults, das vor einem hohen verrußten Chorbogen aufragte.

»Stellen Sie sich dort hin«, schlug LeFleur vor, »und ich schieße ein Foto.«

Dobby zuckte mit den Schultern. »Nee, ist schon okay.«

»Nur zu. Wann sonst werden Sie hier sein?«

Dobby zögerte, schlurfte dann in seinen Stiefeln durch die Asche bis zu den Stufen. LeFleur wartete. Auf seiner Stirn bildeten sich Schweißperlen. Das Rednerpult war rund, hüfthoch und von einem Geländer umgeben. Ein Weg hinein, ein Weg heraus.

Oben angekommen, legte Dobby seine Arme auf die schmutzigen Seiten des Pults. Wäre er ein Priester gewesen, hätte er jetzt mit der Predigt beginnen können.

»Muss bloß die Kamera rausholen«, sagte LeFleur.

Langsam griff er hinter sich, atmete einmal durch und zog plötzlich seine Pistole aus dem Halfter. Sie mit beiden Händen ruhig haltend, richtete er den Lauf direkt auf Dobby, der entsetzt die Augen aufriss.

»Also«, erklärte LeFleur. »Was haben Sie mit der *Galaxy* gemacht?«

ELF

Land

»Wovon reden Sie?«, schrie Dobby. »Warum tun Sie das?«

LeFleurs Arme zitterten. Dennoch hielt er die Waffe direkt auf sein Ziel gerichtet.

»Sie sind für alle von ihnen verantwortlich«, erwiderte er.

»Für wen, alle?«

»Die Leute auf der *Galaxy*. Sie haben alle umgebracht. Sie haben eine Mine an Bord geschafft und sie hochgehen lassen. Jetzt werden Sie mir erzählen, wie Sie das angestellt haben und auf welchem Wege Sie entkommen sind.«

Dobbys Gesichtszüge verzerrten sich so sehr, dass LeFleur sicher war, er spiele ihm etwas vor.

»Ich versteh Sie nicht, Mann!«, rief Dobby. »Kommen Sie. *Bitte*. Nehmen Sie die Waffe runter! Wo haben Sie denn *die* Geschichte her?«

»Bestreiten Sie es?«

»Bestreite ich was?«

»*Bestreiten* Sie es?«

»Ja doch, ja! Ich bestreite es! Mensch, immer mit der Ruhe. Ich weiß nicht, was Sie meinen. Sagen Sie es mir!«

LeFleur blies laut Luft aus. Er löste eine Hand von der Pistole und griff nach der Aktenmappe, die er mit in die Kirche genommen hatte. Er holte das zerfledderte Notizbuch hervor und streckte es Dobby entgegen, der wie entgeistert darauf starrte.

»Ich habe es im Rettungsboot gefunden«, sagte LeFleur. »Es steht alles dort drin.«

~

Für die nächsten drei Stunden kauerte Dobby im Rednerpult, während LeFleur mit der im Schoß gehaltenen Waffe auf einer Kirchenbank saß und laut aus dem Notizbuch vorlas. In regelmäßigen Abständen blickte er zu Dobby, um dessen Gesichtszüge auf eine Reaktion hin zu überprüfen. Anfangs schien sein Gegenüber skeptisch, aber mit fortschreitender Lektüre sanken die Schultern nach unten, und der Kopf neigte sich tiefer.

LeFleur trug ihm die Ausführungen über den Untergang der *Galaxy* vor, dann über Bernadettes und Nevins Tod sowie das grausame Schicksal von Mrs Laghari. Er hob die Abschnitte über Lambert hervor, seinen Hochmut, seine Maßlosigkeit, sein Ego. Er verlangsamte den Erzählfluss und sprach die Worte mit Bedacht aus, als er zu dem Passus mit der Haftmine im Trommelkoffer kam. Zweimal las er den Teil, in dem Benji sagte: »Wir können nicht Gott spielen«, und Dobby erwiderte »Warum nicht? Gott tut nichts dagegen.« Nachdem er dessen Satz vorgetragen hatte, in einer Explosion zu sterben sei »besser, als wie eine Ameise zu leben«, hielt er inne wie ein Staatsanwalt, der einen erdrückenden Beweispunkt in aller Ruhe auf den Delinquenten wirken lässt.

Im Verlauf der Lektüre seufzte Dobby immer wieder; manchmal kicherte er, und mehr als einmal brach er fast in Tränen aus. Dann und wann vergrub er seinen Kopf in den Händen und seufzte: »Oh, Benji.« Einige seiner Reaktionen fand LeFleur seltsam, zugleich aber war die gesamte Szenerie seltsam – in einer zerstörten Kirche aus dem Notizbuch eines toten Cousins vorzulesen, worin die Rede davon war, dass Gott in einem Rettungsboot erschien.

Es war Nachmittag, als LeFleur das Ende des Textes erreichte. Er hatte sich in die Lektüre derart vertieft, dass ihm das Zeitgefühl fast abhandengekommen war. Nach der Schlusszeile, in der das kleine Mädchen namens Alice sagte: »*Ich* bin der Herr. Und ich werde dich nie verlassen«, schloss LeFleur das Notizbuch und wischte sich mit dem Ärmel aschigen Schweiß von der Stirn. Er stand auf, die Waffe weiterhin auf Dobby gerichtet.

Zu seiner Überraschung stellte der sofort Augenkontakt mit ihm her. Offenbar fühlte er sich weder verunsichert noch ertappt, sondern eher in gedämpfter Stimmung und bekümmert, als wäre er gerade von einer Trauerfeier zurückgekehrt.

»Das ist ein Hilferuf, Mann!«, murmelte er.

»Was soll das heißen?«

»Er fantasiert. Er hat alles erfunden. Kommen Sie. Glauben Sie wirklich, dass er mit Gott in einem Boot saß? Sie sind doch Bulle.«

»Stimmt, das bin ich«, erwiderte LeFleur, das Notizbuch hin und her schwenkend. »Und hier drin wird der Grund genannt, warum Sie eine Bombe auf die *Galaxy* befördert und dann zur Explosion gebracht haben, um all diese unschuldigen Menschen zu ermorden.«

»Genau«, sagte Dobby mit einem Anflug von Lächeln. »Das ist der unglaublichste Teil des Ganzen.«

»Ah ja?« LeFleur stockte. »Wieso denn?«

»Weil ich nie einen Fuß auf das Schiff gesetzt habe«, erklärte Dobby und atmete tief aus.

Nachrichten

MODERATOR: *Heute Abend haben wir eine aktuelle Mitteilung zur Suche nach der* Galaxy, *jener Luxusjacht, die vor über einem Jahr im nördlichen Atlantik gesunken ist. Tyler Brewer berichtet.*

REPORTER: *Danke, Jim. Bei mir ist Ali Nesser, der Eigentümer von* Nesser Ocean Explorations *in Naples, Florida. In wenigen Tagen wird sein Suchschiff, die* Iliad, *den Atlantik in dem Gebiet durchkämmen, wo die* Galaxy *vermutlich gesunken ist. Mr Nesser, können Sie bitte erklären, wie dieses Verfahren abläuft?*

ALI NESSER: *Gewiss. Zuerst stecken wir anhand der letzten bekannten Notrufe und der Meeresströmungen das sogenannte »Suchfeld« ab – ein Gebiet von ungefähr fünf Quadratmeilen. In diesem Suchfeld werden wir ein Seitensichtsonar und ein Magnetometer über den Boden ziehen, das jede Veränderung im Magnetfeld misst und in Echtzeit Bilder zurück-*

sendet. Grundsätzlich werden wir das Gebiet durchstreifen in der Hoffnung, ein Signal von einem größeren Gegenstand wie etwa einer gesunkenen Jacht zu empfangen. Wenn wir kein Signal bekommen, erweitern wir das Feld. Falls doch ein Signal abgegeben wird, schicken wir eine Sonde nach unten, um uns die Sache genauer anzuschauen.

REPORTER: *Besteht irgendeine Chance, das Schiff zu heben?*

ALI NESSER: *Diese Frage müssten Sie den Leuten stellen, die für die Suche bezahlen.*

REPORTER: *Aber ist es möglich?*

ALI NESSER: *Alles ist möglich. Nur bin ich mir im Unklaren darüber, warum man das tun sollte.*

REPORTER: *Nun, wie Sie wissen, sind bei diesem Unglück viele berühmte Persönlichkeiten ums Leben gekommen.*

ALI NESSER: *Ja, und dieses Schiff ist ihr Grab. Wollen Sie ihre Ruhe wirklich stören?*

REPORTER: *Ich denke, das muss jemand anderes entscheiden.*

ALI NESSER: *Ich denke auch.*

REPORTER: *Live zugeschaltet war Tyler Brewer. Jim?*

Land

Dobby legte die Hände über den Kopf und erhob sich langsam aus dem Rednerpult.

»Ich muss aufstehen, bitte«, flehte er. »Mein Rücken bringt mich um.«

LeFleur richtete nach wie vor die Waffe auf ihn, aber auch er wurde allmählich müde. Die Lektüre des Notizbuchs war äußerst anstrengend gewesen. Nun dämmerte ihm, dass es kein wohldurchdachter Plan war, in die Sperrzone zu fahren mit der Absicht, hier ein Geständnis herauszupressen. Er war auf sich allein gestellt. Falls etwas schiefging, wäre jede Art von Hilfe in weiter Ferne.

»Ich warte immer noch auf eine Antwort«, beharrte LeFleur. »Wie haben Sie's getan? Warum haben Sie's getan?«

Dobby ließ die Hände zum schmutzigen Pult sinken. Mit den Fingern wischte er etwas Asche weg. »Schauen Sie«, begann er. »Ich hab eigentlich keine

Lust, Ihnen all das zu erzählen. Aber ich verstehe, dass es die einzige Möglichkeit ist, damit Sie mir glauben.«

»Sie behaupten, nie auf dieser Jacht gewesen zu sein?«

»Niemals. Ich *sah* sie. Ich war mit Benji nach Kap Verde gekommen und fuhr ihn an dem Morgen, als das Schiff beladen wurde, zu den Hafenkais. Ich war besorgt um ihn. Er hatte viel durchgemacht und benahm sich seltsam. Fahrig. Ich wollte ihn nicht allein lassen.«

»Warum haben Sie sich zu den Hafenkais begeben?«

»Der Manager von *Fashion X* sollte dort sein. Ich wollte ihm Hallo sagen. Ehrlich gesagt hatte ich gehofft, er würde mich für ihre nächste Tour engagieren. Das ist alles. Ich schwör's.«

»Also haben Sie die *Galaxy* gesehen?«

»Ja. Sie war ein Monstrum, genau wie er geschrieben hat. Der Inbegriff von Raffgier und Exzess.«

»Jetzt klingen Sie so wie der Mann im Notizbuch.«

»Ich sage nur die Wahrheit. Das Oberdeck glich einem Freilufttheater – mit Bühne, Dutzenden Stühlen, gewaltiger Tonanlage. Und jedem Gast auf der Jacht war ein Crewmitglied zugeteilt, das sich um ihn kümmerte. Was immer er wünschte, musste der Angestellte besorgen. Drinks. Handtücher. Ein iPad mitten in der Nacht. So verlief die ganze Reise. Zumindest hat Benji mir das so erzählt. Er hatte vier Personen, die er von vorn bis hinten betreuen musste.

Ich stand neben ihm, als sie sich in die Gästeliste eingetragen haben.«

»Erinnern Sie sich, wer sie waren?«

Dobby kratzte sich am Kinn und blickte nach unten. »Ja«, erwiderte er. »Jetzt fällt's mir wieder ein.«

»Wer?«

Er seufzte. »Eine davon war Geri, die Schwimmerin. Eine andere der griechische Typ namens Yannis. Dann die indische Frau, Mrs Laghari. Ich erinnere mich an sie, weil sie meine Kleidung musterte, als wäre die anstößig, und dann Benji bat, für sie ein Paar Ohrringe zu halten. Und dann war da noch dieser groß gewachsene Brite, dessen Namen ich vergessen habe.«

»Nevin Campbell?«, fragte LeFleur.

»Genau. Das waren Benjis Leute. Den vieren war er zugeteilt.«

LeFleur schüttelte den Kopf. »Schau an! Gerade nannten Sie vier Personen, die wie *zufällig* im Rettungsboot gelandet sind.«

»Schon klar«, entgegnete Dobby. »Und ich könnte Ihnen außerdem die Übrigen nennen. Ich traf auch Jean Philippe und Bernadette. Benji hat mich ihnen vorgestellt. Sie waren nett. Lustig.«

»Was ist mit Nina, der äthiopischen Frau?«

»Wir sind uns nie begegnet. Aber ich hab sie gesehen.«

»Woher wussten Sie, dass es sich um Nina handelte?«

»Glauben Sie mir, eine Frau wie sie vergisst man nicht. Sie sah aus wie Iman, dieses Model. Sie winkte Benji zu, und ich fragte: ›Wer ist *das*?‹ Er meinte: ›Nina. Von ihr bekam ich meinen Haarschnitt.‹«

LeFleur atmete hörbar aus. Die ganze Sache war verrückt. Soeben hatte Dobby fast alle Passagiere in der Geschichte aufgezählt. Das war zu einfach. Er konnte locker ihre Namen hersagen und dabei seine eigene Fabel spinnen.

»Das kleine Mädchen?«, fragte LeFleur. »Alice?«

»Hab ich nie gesehen.«

»Was ist mit Jason Lambert?«

Dobby biss sich in die Lippe und schaute weg.

»Was ist mit ihm?«

»Nehmen Sie die Waffe runter, Inspektor. Dann werde ich Ihnen eine Geschichte erzählen.«

LeFleur rührte keinen Finger.

»Na los«, forderte Dobby ihn auf. »Tief im Innern glauben Sie nicht an den Inhalt des Notizbuchs. Nehmen Sie die Waffe runter, und ich werde alles erklären.«

LeFleur fuhr sich mit der linken Hand übers Gesicht. »Warum sollte ich eine ganze Geschichte brauchen? Was ist so besonders an Jason Lambert?«

Dobby wandte ihm den Blick zu.

»Benji dachte, Lambert sei sein Vater.«

~

Während die Sonne ihre Strahlen durch das zerbrochene Dach der Kirche warf, erzählte Dobby seinem Gegenüber die Geschichte von Benjis Kindheit.

»Benjis Mutter hieß Claire. Der Name meiner Mutter war Emilia. Sie waren Schwestern. Sehr enge Schwestern. Nach dem Tod meines Vaters wanderten wir nach Amerika aus, genau wie Benji es beschrieb. Aber er hat nicht erklärt, *warum* das geschah.

Benjis Vater war angeblich Amerikaner, das stimmt. Und tatsächlich ist seine Mutter ihm in Schottland begegnet – in der Woche, als jenes Golfturnier stattfand. Wie viele Frauen in unserer armen Kleinstadt wurde sie zu jung schwanger. Niemandem sagte sie ein Sterbenswörtchen darüber, außer meiner Mutter. Doch sobald ihr Zustand offensichtlich wurde, schämten sich ihre Eltern zutiefst. Es war eine Sache, wenn die Leute in unserer Gemeinde den Vater kannten. Dann konnten sie ihm die Schuld zuschieben. Aber Claire, die den Vater geheim hielt, befand sich in einer schwierigeren Lage. Die Leute taten so, als wäre es ihr Fehler, und behandelten sie schrecklich. Sie war klug. Eine gute Sportlerin. Doch von der Geburt des Kindes an war sie auf sich selbst gestellt. Und Carndonagh war kein einfaches Pflaster, um sich ganz aus eigener Kraft durchzuschlagen.

Sie zog Benji allein groß, arbeitete am Tage in einer Metzgerei und verbrachte die Nächte in einer Wohnung darüber. Die beiden hatten kaum einen Cent. Man betrachtete sie als armselige Hungerleider. Claire nahm von ihrer Familie keinerlei Unterstützung an. Sie war eine stolze Frau, sogar ein bisschen starrköpfig, um ehrlich zu sein.

Nach Aussage meiner Mutter kam Claire eines Abends völlig aufgebracht vorbei und sagte, sie habe in einem Magazin einen Artikel über Benjis leiblichen Vater gelesen. Er sei jetzt enorm erfolgreich und lebe in Boston. Sie werde ihn aufsuchen und über ihren gemeinsamen Sohn unterrichten. Claire war überzeugt, er werde sich seiner Verantwortung stellen. Natürlich riet meine Mutter ihr: ›Sei nicht dumm. Er wird dich abwimmeln wie eine Bettlerin.‹ Aber Claire beharrte auf ihrem Standpunkt. Sie und Benji zogen bei uns ein und blieben fast ein Jahr, damit sie ihren Lohn zurücklegen und davon Flugtickets kaufen konnte. Zu jener Zeit kamen wir, Benji und ich, uns wirklich nah. Wir haben im gleichen Zimmer geschlafen und zusammen gefrühstückt. Wir betrachteten uns als Brüder, weil keiner von uns einen Bruder hatte.

Wie dem auch sei. Sie haben bereits gelesen, was anschließend geschah. Die beiden reisten die weite Strecke in die Vereinigten Staaten, und meine Mutter behielt recht. Der Typ wies sie ab. Claire war am Boden zerstört. Meine Mutter ahnte es aufgrund ihrer Briefe und Anrufe. Deshalb sind wir dann nach Boston umgezogen – um in ihrer Nähe zu sein. Zwischen den beiden bestand eine starke schwesterliche Verbundenheit, stärker als die Beziehung zur Arbeit oder zur Heimat. Komisch, denn zwischen Benji und mir entwickelte sich irgendwie die gleiche Art von Bindung.

Doch als wir dort eintrafen, hatte Benji sich verändert. Er wusste, dass er verschmäht worden war und wie sich das auf seine Mutter auswirkte. Er fing an, jeden zu hassen, der Geld hatte, oder jeden, der ihn von oben herab behandelte. Vermutlich brachte er solche Leute in Zusammenhang mit dem Vater, für den er nicht gut genug war. Aber dieser Vater ging ihm ständig durch den Kopf. Als Teenager schlichen wir uns oft auf die Tribünen in Fenway Park, dem Baseballstadion, wo er zu den Zuschauern auf den teuren Sitzen hinunterschaute und meinte: ›Irgendeiner von diesen Typen könnte mein Vater sein, der keinen Unterhalt zahlen will.‹ Oder wir fuhren nach der Schule mit der T-Line raus nach Beacon Hill, den schicken Stadtteil, rauchten Zigaretten, beobachteten Männer, die in ihren feinen Anzügen von der Arbeit nach Hause kamen, und er sagte wieder: ›Könnte der Typ dort sein, Dobby. Oder vielleicht der da …‹

Ich bat ihn, seine Zeit nicht mehr damit zu verschwenden. Das sei die Sache nicht wert. Verstehen Sie mich nicht falsch. Ich hatte viele Probleme mit den Reichen. Aber nicht wie Benji.

Nachdem seine Mutter den schlimmen Unfall in der Reifenfabrik hatte, verließ er die Schule, um für sie zu sorgen. Ihr wurde übel mitgespielt. Dabei hat sie sich gar nichts zuschulden kommen lassen. Ein Gerüst, auf dem sie stand, brach zusammen, aber die

Fabrikleitung sammelte Beweismaterial gegen sie, um nicht auf Lebenszeit für ihre Gesundheitsversorgung zahlen zu müssen. Stellen Sie sich vor, Sie werden so schwer verletzt, dass Sie nicht mehr gehen können, und werden dafür dann auch noch angeklagt. Kein Wunder, dass Benji wütend war.

Eines Tages kehrte ich zurück, um die beiden zu besuchen. Damals war ich bei der Marine, und Tante Claire saß in ihrem Rollstuhl. Es war das letzte Mal, dass ich sie lebend gesehen habe. Benji ereiferte sich weiterhin darüber, warum sie überhaupt in dieser Fabrik gearbeitet hatte und wo eigentlich der Vater sei, der für sie und ihn die Verantwortung hätte tragen sollen. Falls er je herausfände, um wen es sich bei diesem Mistkerl handelte, würde er selbst ihm hinterherjagen. Aber dieses Geheimnis nahm Claire mit ins Grab.«

Dobby hielt inne. »Dachte ich zumindest.«

LeFleur blickte auf. »Was meinen Sie?«

»Meine Mutter war inzwischen nach Irland zurückgezogen. Einige Jahre später bekam sie Krebs. Eines Abends, kurz vor dem Ende, war ich bei ihr, und da erzählte sie mir etwas, das sie, wie sie sich geschworen hatte, niemandem je sagen wollte. Sie sagte, Benjis Vater sei nicht nur reich, sondern mittlerweile ein ziemlich berühmter Geschäftsmann. Und die arme Claire müsse in amerikanischen Zeitungen immer wieder Artikel über ihn lesen.«

Er zögerte. »Und dass sein Name Jason war.«

LeFleur blinzelte heftig, seine Gedanken rasten.

»Lambert?«, fragte er.

»Keine Ahnung. Wie immer sein Familienname lautete, meine Mutter konnte sich nicht daran erinnern. Sie starb einen Monat danach.«

»Aber wie hat Benji ...?«

»Ich hab es ihm gesagt! Ahhh!« Dobby heulte auf und verdrehte die Augen. »Einfach dumm! Dumm! Er hörte nicht auf damit – warum er so arm sei, warum er nie eine Pause bekäme. Er war in schlechter Verfassung und tat mir leid. Doch als er wieder anfing mit seinem Vater, der keinen Unterhalt zahlen wolle, hielt ich ihm entgegen, er werde diesen Typ niemals aufstöbern, und selbst wenn es ihm gelänge, würde das nichts nutzen. Und dann erzählte ich ihm, was meine Mutter mir anvertraut hatte. Es platzte förmlich aus mir heraus. Er starrte mich nur an, völlig sprachlos.«

»Wann war das?«

»Einen Monat bevor er auf der *Galaxy* zu arbeiten begann. Offenbar hat er Jason Lambert ausfindig gemacht. Reicher Mann? Aus Boston? Passender Name? Ehrlich, an eine mögliche Verbindung *dachte* ich nicht einmal, bis Sie mir diese Seiten vorgelesen haben. Aber jetzt wird es mir klar. Denn Benji war dermaßen außer sich.«

Er vergrub das Gesicht in den Händen. »Mein Gott! Es ergibt alles einen Sinn.«

»Moment. Sie sagen, er war so wütend auf seinen Vater ...«

»Ich habe nie gesagt, dass Lambert sein Vater war …«

»Er war so wütend auf einen Mann namens Jason, dass er beschloss, eine Jacht in die Luft zu jagen? Um Rache zu nehmen? Ist das Ihr Ernst?«

»Sie verstehen nicht. Er war verzweifelt über –«

»Was ist mit der Mine? Sie behaupten, ihm nie erklärt zu haben, wie eine Haftmine funktioniert?«

Dobby seufzte. »Vor Jahren hab ich ihm eine Geschichte aus meiner Zeit bei der Marine erzählt. Ich kann nicht glauben, dass er sich die gemerkt hat.«

LeFleur rückte die Waffe zurecht und wischte sich mit dem Handrücken den Schweiß von der Stirn.

»Das ist alles zu einfach«, sagte er.

Dobby überlegte kurz. »Vielleicht nicht. Haben Sie je von so etwas wie Konfabulation gehört?«

»Nein.«

»Ich kannte einen Musiker, der das vor ein paar Jahren durchgemacht hat. Es bedeutet, dass jemand sich etwas vorstellt – und davon erzählt –, das aber in keinem Bezug zur Realität oder zu realen Erinnerungen steht.«

»Das hört sich für mich wie *lügen* an.«

»Es ist keine Lüge. Die Person glaubt tatsächlich, was sie sagt. Dies kann passieren, wenn sie eine schwere seelische Verletzung erlitten hat.«

»Ein Trauma.«

»Ja. Wenn man zum Beispiel einen geliebten Menschen verliert – oder durch eine Explosion von einem

Schiff geschleudert wird und dann im Meer zu überleben versucht. Die schlimme Erfahrung lässt einen Sachen glauben, von denen man weiß, dass sie nicht wahr sind.

Während der ganzen Zeit hat Benji im Schreiben bestimmte Dinge auf mich projiziert. Dabei muss er zu sich selbst gesprochen, an sich gezweifelt, sich gequält haben ...«

»Stopp!«, unterbrach ihn LeFleur. »Benji hatte also keinen Vater. Viele Kinder haben keinen. Trotzdem versenken sie keine Jacht, um sich dafür zu revanchieren.«

Dobby verschränkte die Hände im Nacken und starrte in die Sonnenstrahlen.

»Sie begreifen nicht den wesentlichen Punkt, Inspektor.«

»Und der wäre?«

»An wen hat er geschrieben? An wen ist diese Geschichte von A bis Z adressiert? Wie lautet der Name auf der Innenseite des Notizbuchs?«

Dobby blickte sein Gegenüber direkt an. »Sehen Sie es nicht? Es geht hier nicht um Jason Lambert. Es geht um Annabelle.«

LeFleur kniff die Augen zusammen. Seine Schultern sackten nach unten.

»Annabelle«, murmelte er. »Richtig. Doch wo kann ich sie finden?«

»Das können Sie nicht«, erwiderte Dobby. »Sie ist tot.«

ZWÖLF

Land

Auf der Rückfahrt schwiegen die beiden die meiste Zeit. Während die Sonne unterging, legte sich eine unheimliche Düsternis über die Sperrzone. LeFleur mochte es nie, zu später Stunde hier zu sein. Es war schon bei Tage gespenstisch genug.

»Sie verstehen, dass ich Sie in Gewahrsam behalten muss«, sagte er. »Bis ich Ihr Alibi überprüfen kann.«

Dobby schaute aus dem Fenster. »Ja, versteh ich.«

»Ich muss Sie wegen irgendwas anklagen.«

»Was auch immer.«

»Was sollte ich Ihnen zur Last legen?«

»Ist das Ihr Ernst?«

LeFleur zuckte mit den Schultern.

»Wie wär's mit Trunkenheit und Ruhestörung?«, fragte Dobby. »Das krieg ich hin, wenn Sie mitziehen.«

»In Ordnung.«

LeFleur war so müde, dass er beim Fahren blinzeln

musste, um die Augen offen zu halten. Der Adrenalinstoß vom Nachmittag war verflogen, und sein Körper fühlte sich nun wie ausgehöhlt an. Die ums Lenkrad geklammerten Hände zitterten.

Zum jetzigen Zeitpunkt war ihm völlig schleierhaft, was er glauben sollte. Dobby wusste auf alles eine Antwort, hatte jedoch, bevor er sich erklären musste, den ganzen Inhalt des Notizbuchs erfahren. War er derart clever? So spontan zur Lüge fähig? Oder war es Benji, der Verfasser, der unter Wahnideen litt? Und vielleicht verantwortlich war für die Zerstörung der *Galaxy*?

Dobby hatte Annabelle erwähnt und dass sie an einer seltenen Blutkrankheit gestorben sei, obwohl Benji alle Hebel in Bewegung gesetzt hatte, um das Geld für ihre Behandlung aufzutreiben. Weitere Details hatte er nicht genannt. Seine Geduld war unter vorgehaltener Waffe erschöpft gewesen. »Ich sage nichts mehr, bis Sie mir versichern, dass ich kein Verdächtiger bin. Ich kann beweisen, dass ich nicht auf dieser Jacht war. Bringen Sie mich jetzt zurück, und geben Sie mir die Möglichkeit, einige Anrufe zu erledigen.«

Widerwillig stimmte LeFleur zu. Welche Wahl hatte er? Tief im Innern hoffte er, dass Dobby die Wahrheit sagte. Er konnte gern auf die Nähe eines Mannes verzichten, der so gut zu lügen verstand.

»Sie haben mir nie gesagt, wie Sie auf dieses Rettungsboot gestoßen sind«, fuhr Dobby fort.

»Nicht ich bin darauf gestoßen.«

»Wer dann?«

»Ein Typ. Ein Herumtreiber.«

»Wo ist er?«

»Das wollen alle wissen.«

»Hatte er einen Namen?«

»Rom Rosh.«

Dobby wandte sich ihm zu. »Rom Rosh?«

»Und?«, erwiderte LeFleur.

Dobby schüttelte den Kopf. »Seltsamer Name.«

»Genau.«

Durch die Windschutzscheibe sah LeFleur das große Schild, auf dem stand: *Sie verlassen nun die vulkanische Gefahrenzone*. Er verspürte einen Anflug von Erleichterung. Sie waren zurück auf der Nordseite der Insel. Zurück bei den Lebenden.

»Noch zwanzig Minuten«, sagte er.

»Kann ich mir etwas zu essen holen?«, fragte Dobby. »Bevor Sie mich einsperren?«

~

Zwei Stunden später kehrte LeFleur, nachdem er Dobby ins einzige Gefängnis der Insel gebracht hatte, zu seinem Büro zurück und schaltete die Lichter ein. Er war hundemüde, konnte aber nicht umhin, das Notizbuch aus der Aktenmappe zu nehmen und es auf den Schreibtisch zu legen. Dann drückte er die Stirn gegen die Handflächen, schloss die Augen und rieb kräftig, als wollte er so eine Antwort aus dem Kopf schütteln.

Nichts kam. Er war wieder da, wo er angefangen hatte. Eine gesunkene Jacht. Ein entdecktes Rettungsboot. Eine unglaubliche Geschichte. Ein Angeklagter mit einer Ausrede.

Er brauchte jetzt einen Drink. Also zog er die untere Schublade auf, wo kleine Rumflaschen verstaut waren, die er von der Brennerei der Insel mitgenommen hatte. In regelmäßigen Abständen warf seine Assistentin sie weg. Sie als Kirchgängerin billigte es nicht, dass er während der Arbeit trank, wagte aber nicht, ihm das offen zu sagen. Also besorgte er sich die Fläschchen, die dann für eine Weile in der Schublade liegen würden, bis sie eines Tages verschwanden und er wusste, dass Katrina sie entsorgt hatte. Er stellte sie nie zur Rede. Es war beider kleines Spiel.

Als er diesmal die Schublade öffnete, fiel ihm noch etwas anderes ins Auge. Ein hellbrauner Umschlag mit dem Stempel des Bezirks in der linken oberen Ecke. Seltsamerweise war er noch verschlossen.

Er rief Katrina an, die überrascht klang, als sie seine Stimme hörte.

»Wo warst du den ganzen Tag?«, fragte sie. »Leute haben sich nach dir erkundigt.«

»Ja«, erwiderte er. »Ich musste mich um was kümmern. Hey, hast du einen verschlossenen Umschlag in meinen Schreibtisch gelegt?«

»Was?«

»In meine Schublade. Weißt schon. Die *untere* Schublade.«

»Oh, ja. Das war letzte Woche, von diesem Typ. Erinnerst du dich? An dem Tag, als du in Marguerita Bay festgehalten worden bist.«

»Rom?«

»Ich kenn seinen Namen nicht. Hat er mir nie gesagt. Während er wartete, bat er um einen Umschlag, also gab ich ihm den. Du warst einverstanden damit, entsinnst du dich? Und als ich dann wieder nach draußen gegangen bin, um nach ihm zu sehen, war er, wie erwähnt, plötzlich weg. Aber er ließ diesen Umschlag auf der Treppe zurück, also hab ich ihn dir in den Schreibtisch gelegt.«

»Warum hast du mir das nicht gesagt?«

»Hab ich doch.« Sie hielt inne. »Wenigstens *dachte ich*, ich hätt's getan. Oh, Jarty. Es ist so viel los. Tut mir leid, falls ich vergess –«

Doch LeFleur hatte bereits aufgelegt. Er riss den Umschlag auf und fand einen Stapel gefalteter Blätter vor. Die Ränder waren ausgefranst und die Züge der Handschrift ihm vertraut. LeFleur wusste genau, von wem die Seiten stammten.

So schnell begann er zu lesen, dass er nicht einmal merkte, wie sein Körper in den Stuhl zurückfiel.

Meer

Meine liebe Annabelle.

Ein letztes Mal bitte ich dich um Verzeihung. Monate sind vergangen, seit ich dir geschrieben habe. Ich bin noch immer auf dem Meer, bekämpfe es aber nicht mehr. Vielleicht lebe ich weiter. Vielleicht sterbe ich. Es spielt keine Rolle. Ein Schleier wurde gelüftet. Ich kann jetzt alles sagen, was ich sagen muss.

Mein Anblick würde dich ziemlich verwundern, meine Liebe. Von mir selbst ist viel weniger übrig. Die Arme sind klapperdürr. Die Oberschenkel gleichen dünnen Stäben. Einige meiner Zähne sind locker. Die Kleidung, die ich trug, besteht nur noch aus Stofffetzen, zerfressen vom alles durchdringenden Salz. Das Einzige, was zugenommen hat, ist mein Bart, der ungehindert bis zum Schlüsselbein wächst.

Ich weiß nicht, wie weit ich über den Atlantik getrieben wurde. Eines Nachts sah ich ein großes Schiff am Horizont. Ich schoss eine Leuchtkugel ab. Nichts geschah. Wochen später entdeckte ich ein Frachtschiff, das so nah war, dass ich die Farben auf seinem Rumpf erkennen konnte. Eine weitere Leuchtkugel. Wieder nichts.

Ich habe mich damit abgefunden, dass eine Rettung unmöglich sein wird. Ich bin zu klein. Zu unscheinbar. Ein Mann in einem Rettungsboot, über dessen Schicksal, dessen Überleben die Strömungen bestimmen. Sämtliche Ozeane dieser Erde sind miteinander verbunden, Annabelle, sodass ich, den Planeten endlos umkreisend, immerfort vom einen zum anderen gelangen mag. Oder Mutter Meer wird mich am Ende an sich nehmen, wie eine Bärenmutter ihr schwaches und kränkliches Junges an sich nimmt. Mich von meinem Elend befreien. Das wäre vielleicht am besten.

Was mich auch erwarten mag, das wird dann geschehen. Die Alten und Gebrechlichen sagen manchmal: »Lasst mich gehen. Ich bin bereit, dem Herrn zu begegnen.« Aber welches Bedürfnis hätte ich, mich derart vorbehaltlos auszuliefern? Ich bin dem Herrn bereits begegnet.

~

Rückblickend auf diese Seiten wird mir bewusst, dass ich aufhörte zu schreiben, nachdem die kleine Alice zum ersten Mal gesprochen hatte.

Von dem, was darauf folgte, bleibt in meiner Erinnerung nichts als Dunkelheit. Ich muss ohnmächtig geworden sein. Der Schock, Lambert und Geri verloren zu haben, das unerhört anstrengende Schwimmen nach wochenlanger Bewegungsarmut – all das ließ mich völlig erschöpft zurück.

Als ich zu mir kam, war die Sonne verschwunden und der Abendhimmel in Indigoblau getaucht. Alice saß auf dem Rand des Bootes, von Mondlicht beschienen, die schmalen Arme im Schoß über Kreuz gelegt. Sie trug eines von Geris weißen T-Shirts, das ihr über die Knie hing. Ihr Haar flatterte in der Brise.

»Alice?«, flüsterte ich.

»Warum nennst du mich so?«, fragte sie.

Ihre Stimme war kindlich, doch klar und präzis.

»Wir mussten dir irgendeinen Namen geben«, sagte ich. »Wie heißt du wirklich?«

Sie lächelte. »Alice genügt.«

Meine Kehle war trocken, meine Augen vom Schlaf verklebt. Als ich den Kopf drehte und das fast leere Boot sah, durchflutete mich eine unerträgliche Welle tiefer Trauer.

»Alle sind fortgegangen.«

»Ja«, bestätigte sie.

»Die Haie haben Geri erwischt. Ich konnte sie nicht retten. Und Lambert. Auch ihn konnte ich nicht retten.«

Ich dachte an jene letzten Momente im Wasser. Dann fiel mir der Satz wieder ein.

»Alice?«, begann ich noch einmal und stützte mich auf die Ellbogen. »Hast du gesagt, du seist … *der Herr*?«

»Ich bin es.«

»Wie meinst du das?«

»So wie ich es sage.«

»Aber du bist ein *Kind.*«

»Ist der Herr nicht in allen Kindern?«

Ich blinzelte heftig. Mein Denken war vernebelt.

»Warte ... Wer war dann der Mann, den wir aus dem Meer gezogen haben?«

Sie gab keine Antwort.

»Alice?« Meine Stimme erhob sich. »Warum musste der Mann sterben? Imitierst du ihn nur? Wer bist du eigentlich? Weshalb hast du vorher nicht gesprochen?«

Sie öffnete die Arme, stand auf und ging in meine Richtung, ohne im Geringsten zu schwanken. Dann kauerte sie sich neben mir zusammen und schlug die Beine übereinander. Sprachlos starrte ich sie an, während sie meine linke Hand nahm und in ihre legte.

»Leiste mir Gesellschaft«, sagte sie.

Also saßen wir beieinander. Den ganzen Abend über – und die ganze Nacht hindurch –, ohne ein weiteres Wort zu wechseln. Nicht dass ich nicht sprechen konnte, Annabelle. Vielmehr war mir die Lust dazu plötzlich vergangen. Ich weiß, es klingt seltsam, aber all der Aufruhr in mir war verschwunden. Ihre Hand zu halten war etwa so, als würde man einen Schlüssel ins Türschloss stecken und umdrehen. Mein Körper schmolz förmlich dahin. Meine Atmung beruhigte sich. Während die Minuten verstrichen, schien ich kleiner zu werden. Der Himmel dagegen wuchs ins Unermessliche. Als leuchtende Sterne von ihm Besitz ergriffen, traten mir Tränen in die Augen.

So verharrten wir bis zur Morgendämmerung, als die Sonne den Horizont durchbrach und ihre Strahlen in sämtliche Richtungen schossen. Das widergespiegelte Licht bildete einen Pfad glitzernder Diamanten, der sich durch die Dünung zog und bis an unser Boot reichte. In dem Moment konnte man glauben, die Welt sei nicht mehr als Wasser und Himmel, das Land keine Option und all das, was der Mensch darauf gebaut hatte, belanglos. Ich erkannte, dass ebendies bedeutete, auf alles zu verzichten und allein mit Gott zu sein.

Und ich wusste, dass ich es war.

»Nun, Benjamin«, sagte Alice sanftmütig, »kannst du mich fragen, was dir auf dem Herzen liegt.«

Meine Stimme schien tief in der Luftröhre vergraben zu sein. Jedes Wort musste ich mühsam heraufziehen wie einen Eimer aus dem Brunnen.

»Wer war er? Der Mann, der sich selbst als den Herrn bezeichnete?«

»Ein Engel, durch den ich gesprochen habe.«

»Warum hat er um Nahrung und Wasser gebeten?«

»Um zu sehen, ob ihr beides mit ihm teilen würdet.«

»Warum war er so still?«

»Um zu erfahren, ob ihr ihm zuhören würdet.«

Ich wandte die Augen ab. »Lambert hat ihn umgebracht.«

»Hat er das?«

Wieder fiel mein Blick auf sie. Ihr Gesichtsausdruck war vollkommen ruhig. Ich schluckte schwer, unsicher, ob ich die nächste Frage stellen sollte, zugleich jedoch gewiss, dass sie unumgänglich war.

»War Jason Lambert mein Vater?«

Verneinend schüttelte sie den Kopf.

Sofort wurde ich von Gefühlen überwältigt. Der Hass, den ich für diesen Mann empfunden hatte, der Groll, den ich seinetwegen gegenüber der Welt gehegt hatte – sie brachen aus meinem Innern hervor, als würde mir pausenlos in die Magengrube geschlagen. Wie sehr ich mich geirrt hatte! Wie fehlgeleitet mein Zorn war! Ich stieß die Fäuste in den feuchten Bootsboden und heulte auf, bis ich den tiefsten Punkt meiner Seele erreichte. Und dort verbarg sich die Frage, die mein ganzes Leben beherrscht hatte seit der Minute, als ich dich verlor.

Ich schaute Alice direkt in die Augen und stellte sie.

»Warum musste meine Frau sterben?«

~

Alice nickte, als hätte sie die Frage erwartet, und legte ihre andere Hand auf meine Handfläche.

»Wenn ein Mensch stirbt, Benjamin, fragen sich

die Leute immer: ›Warum hat Gott ihn uns genommen?‹ Eine bessere Frage würde lauten: ›Warum hat Gott ihn uns gegeben?‹ Was haben wir getan, um seine Liebe, seine Freude, die wunderbaren Momente, die wir miteinander erlebten, zu verdienen? Hast du solche Momente nicht auch mit Annabelle verbracht?«

»Jeden Tag«, krächzte ich.

»Diese Momente sind ein Geschenk. Aber ihr Ende ist keine Strafe. Ich bin nie grausam, Benjamin. Ich kannte dich, noch ehe du geboren wurdest. Ich werde dich kennen, nachdem du gestorben bist. Meine Pläne für dich stehen in keinem Zusammenhang mit dieser Welt.

Anfang und Ende, das sind irdische Vorstellungen. Ich mache weiter. Und da ich weitermache, machst du mit mir weiter. Das Verlustgefühl ist einer der Gründe, warum du auf Erden bist. Dank ihm weißt du das flüchtige Geschenk der menschlichen Existenz zu schätzen und lernst, die Welt, die ich für dich geschaffen habe, in besonderer Weise zu achten. Aber die menschliche Form ist nicht von Dauer. Dazu war sie nie bestimmt. Dieses Geschenk gehört der Seele.

Ich kenne die Tränen, die du vergießt, Benjamin. Wenn Menschen diese Erde verlassen, weinen die ihnen Nahestehenden immer.« Sie lächelte. »Doch ich verspreche dir: Sie gehen nicht fort.«

Sie hob eine Hand und zeigte nach oben. Und in dem Augenblick, Annabelle, ich kann es kaum beschreiben, schien die Luft ringsum beiseitegeschoben zu werden, und die blaue Widerspiegelung der Atmosphäre löste sich auf im strahlendsten Licht, von einer Farbe, für die mir die Worte fehlen. In diesem Licht sah ich mehr Seelen, als Sterne am Himmel sind. Dennoch konnte ich das glückliche Gesicht jeder einzelnen von ihnen erkennen. Unter diesen Gesichtern entdeckte ich auch das meiner liebevollen Mutter.

Und ich sah dich.

Nichts anderes brauche ich.

Land

Es gab noch mehr Seiten, aber LeFleur hörte auf zu lesen, steckte sie in seine Aktenmappe, wischte sich die Augen und verließ rasch das Büro.

Innerlich aufgewühlt fuhr er heim, trat ins gelbe Haus und eilte die Treppe hinauf. Oben angelangt, legte er die Hand auf den Knauf der Zimmertür seiner Tochter und drehte ihn zum ersten Mal seit vier Jahren. Die Tür öffnete sich. Als er da stand, wie gebannt auf das kleine Bett und die rosaroten Sterne starrend, die er an die Decke gemalt hatte, trat Patrice hinter ihn und fragte: »Jarty? Was ist los?«

Er wandte sich um und zog sie an sich. Schwer atmend flüsterte er: »Lilly ist wohlauf. Es geht ihr gut. Sie ist in Sicherheit.« Und auch Patrice begann zu weinen.

»Ich weiß, Liebling. Ich weiß, dass sie gut aufgehoben ist.«

Sie hielten sich fest umschlungen und wussten später nicht mehr, wie lange ihre Umarmung gedauert hatte. Aber in jener Nacht schliefen die beiden tief, ohne ein einziges Mal aufzuwachen. Und als LeFleur am nächsten Morgen die Augen öffnete, regte sich in ihm ein Gefühl, das er eine halbe Ewigkeit nicht mehr empfunden hatte. Er war in Frieden.

Nachrichten

MODERATOR: *Heute Abend berichten wir über eine überraschende Entwicklung bei der Suche nach der* Galaxy. *Unser Reporter Tyler Brewer ist an Bord des Suchschiffs* Iliad.

REPORTER: *Das ist richtig, Jim. Es wurde eine Entdeckung gemacht. Am äußeren Ende des Suchfelds, das sich über fünf Quadratmeilen erstreckt, hat die Besatzung in einer Tiefe von ungefähr drei Meilen ein großes Wrack geortet. Allem Anschein nach liegt es auf der Seite. Ali Nesser von* Nesser Ocean Explorations *ist hier bei uns im sogenannten »Offline-Raum« auf dem Schiff. Mr Nesser, was haben Sie herausgefunden?*

ALI NESSER: *Am späten gestrigen Abend hat unser Sonarsystem am Meeresboden eine beträchtliche feste Masse aufgespürt. Die Daten deuteten auf ein Schiff etwa von der Größe der* Galaxy *hin, was uns in der Vermutung bestärkte, dass wir sie lokalisiert hatten. Anschließend schickten wir ein fern-*

gesteuertes Unterwasserfahrzeug hinunter, um das Wrack zu fotografieren. Diese Aufnahmen haben wir dann auf dem Bildschirm hinter mir empfangen, und jetzt sind wir dabei, die Daten auszuwerten.

REPORTER: *Welche Rückschlüsse ziehen Sie daraus?*

ALI NESSER: *Nun, da unten ist es stockfinster, und so bekommen wir nicht mehr zu sehen als das, was die Lichter unseres Unterwasserfahrzeugs zeigen. Dennoch sind wir überzeugt, dass es sich um die* Galaxy *handelt. Man kann die Beschriftungen erkennen. Und das war ein ziemlich einzigartiges Schiff.*

REPORTER: *Können Sie feststellen, was zu ihrem Untergang führte?*

ALI NESSER: *Darüber sollte man nicht spekulieren, bevor weitere Daten vorliegen. Aber allein schon diese Bilder sind aussagekräftig genug. Schauen Sie sich den Rumpf an. Der besteht aus leichter Glasfaser, was ihn anfällig macht für Schäden.*

REPORTER: *Mit »Schäden« meinen Sie das Loch, das wir hier sehen?*

ALI NESSER: *Das ist nur am Bug. Betrachten Sie die andere Aufnahme vom Heck, wo sich der Maschinenraum befand.*

REPORTER: *Die Löcher dort sind sogar noch größer.*

ALI NESSER: *Genau. Was immer geschehen ist, ist mehrmals geschehen. Es war nicht ein Loch, es waren drei.*

DREIZEHN

Meer

Das werden die letzten Worte sein, die ich schreibe, meine Liebe. Ich weiß jetzt, dass du immer bei mir bist. Ich kann meine Gedanken mitteilen, indem ich dich einfach vor meinem geistigen Auge erscheinen lasse. Aber für den unwahrscheinlichen Fall, dass andere Leute dieses Notizbuch entdecken, sollen sie das Ende meiner Geschichte erfahren – und möglicherweise auch darüber befinden, ob sie überhaupt eine Bedeutung hat.

Am Tag nachdem Alice die himmlischen Räume geöffnet hatte, damit ich deren Herrlichkeit ansichtig würde, fiel Regen, und wir konnten genügend Süßwasser sammeln. Es gab mir die Kraft, Aufgaben in Angriff zu nehmen, für die ich vorher zu niedergeschlagen war oder denen ich mich nicht gewachsen fühlte. Also untersuchte ich den defekten Sonnendestillator und benutzte das vorhandene Flickzeug, um das Leck zu stopfen. Durch die auf das Plastik herabbrennende Sonne setzte die Kondensation ein, sodass sich der Auffangbehälter schließlich mit frischem Trinkwasser füllte. Außerdem verwendete ich die Angelleine aus der Notfalltasche und formte einen Haken aus einem von Mrs Lagharis Ohrringen, die ich während jener letzten Nacht auf der *Galaxy* in der Hosentasche hatte. Diesen befestigte ich mit einem Knoten, schlang die Leine um das Paddel, warf sie aus und wartete stundenlang. Nichts geschah. Doch am nächsten Morgen versuchte ich es erneut und konnte diesmal einen kleinen Sonnenfisch fangen. Ich aß das meiste davon und bewahrte ein wenig Fleisch als Köder auf, mit dem ich tags darauf eine Dorade angelte. In Stücke geschnitten, hängte ich sie zum Trocknen auf eine Leine, die ich vom einen Ende des Verdecks zum anderen spannte. Es war ein primitives Fischen, aber die hinzugewonnene Nahrung schärfte meinen Blick. Ich fühlte, wie mein Gehirn sich belebte.

Seither bin ich in der Lage, einen kleinen Vorrat an Fisch und Trinkwasser anzulegen. Mein größter Feind war die Einsamkeit gewesen, aber mit Alice an meiner Seite hielt ich sie in Schach. Wir sprachen über viele Dinge. Doch tief im Innern war mir bewusst, dass ich die Wahrheit über meine Beteiligung am Untergang der *Galaxy* weiterhin verschwieg, so wie ich sie dir gegenüber verheimlicht habe. Ich weiß, es macht keinen Sinn, die Toten zu belügen oder den Herrn. Dennoch tun wir es. Vielleicht hoffen wir, dass sie, wer immer sie sind, unsere schändlichen Taten verzeihen werden. Egal welche. Bald jedoch kommt die Wahrheit ans Licht. Gram führt zur Wut, Wut zum Schuldgefühl, Schuldgefühl zum Geständnis.

Schließlich sah ich eines Morgens beim Erwachen, dass das Meer so ruhig war wie eine Pfütze. Ich blinzelte in die Sonne. Alice stand über mir.

»Geh ins Wasser«, sagte sie.

»Warum?«

»Es ist Zeit.«

Ich verstand nicht. Dessen ungeachtet merkte ich, wie ich mich aufrichtete.

»Nimm die mit«, fügte sie hinzu.

Ich spähte nach unten. Meine Augen öffneten sich weit. Dort, in der Mitte des Bootsbodens, lag die grüne Haftmine. Sie sah noch genauso aus wie damals, als ich sie im Internet einem Mann abgekauft hatte. Wir trafen uns in einer Bootslagerhalle. Die Transaktion dauerte weniger als zehn Minuten. Ich versteckte die Mine in einem Trommelkoffer, den ich dann auf die *Galaxy* beförderte.

»Heb sie auf«, sagte Alice. »Und lass sie nicht los.«

Ich wollte ablehnen, aber mein Körper gehorchte mir nicht. Also hob ich sie auf, spürte ihre Metallkanten an der nackten Haut und tat, wozu ich aufgefordert worden war.

Nach dem Sprung umhüllte mich die Kälte des Wassers, und durch das Gewicht der Mine ging ich schnell unter. Ich sank tiefer und tiefer, schloss die Augen in der Gewissheit, dass dies nun meine Buße war. Ich sollte am Meeresgrund sterben wie all die anderen, die wegen mir hatten sterben müssen. Jede deiner Handlungen fällt auf dich zurück. Gottes zirkulierendes Urteil.

Während das Wasser dunkler wurde, schrie mein Körper nach Atem, um das Kohlendioxid auszustoßen, das sich in meinem Blut ansammelte. In wenigen Sekunden würde sich meine menschliche Form in das Unvermeidliche fügen. Wasser würde meine Lungen füllen, mein Gehirn litte an Sauerstoffmangel, und mein Tod wäre besiegelt.

Doch in dem Moment, Annabelle, spürte ich, wie etwas nie Dagewesenes mich durchflutete. Etwas Befreiendes. Nach all dem, was geschehen war, und all dem, was ich angerichtet hatte, bejahte ich dies als gerechtes Ende, denn ich bejahte die Welt als gerechten Ort. Auf solche Weise akzeptierte ich, dass Gott – oder die kleine Alice oder welche Macht auch immer, auf die wir hören – gerecht über mein Schicksal bestimmt hatte.

Ich glaubte. Und indem ich glaubte, wurde ich gerettet.

Genau so, wie der Herr es versprochen hatte.

Plötzlich waren meine Hände leer, die Mine verschwunden. Über mir sah ich einen vollkommenen Kreis strahlenden Lichts, und er umfing den ganzen Himmel mitsamt der Sonne, die ihre Strahlen aussandte wie unzählige Speichen eines Rades. Mein Körper begann, nach oben zu treiben, in Richtung jenes Kreismittelpunkts. Ich brauchte nicht das Geringste zu tun. Während ich hochtrieb, war ich mir sicher, dass so das Sterben vonstattengeht, und erkannte zugleich, dass es dabei nichts zu befürchten gibt. Der Herr hatte recht. Immerfort erwartet uns ein schwebender Himmel, sichtbar von unterhalb der blauen Wasser der Erde. Welch eine wundersame Welt …

~

Augenblicke später durchbrach ich, wild nach Luft schnappend, die Wasseroberfläche. Ich entdeckte das Rettungsboot in etwa zwanzig Metern Entfernung, sah die kleine Alice ihre Arme schwenken. »Hier!«, rief sie. »Hierher!« Und ich erinnerte mich, dass ich diese Stimme schon einmal gehört hatte, von jemandem mit einer Taschenlampe, in der Nacht, als die *Galaxy* unterging.

Ich erreichte die Leiter, und Alice half mir, an Bord zu gelangen. Noch immer außer Atem, versuchte ich zu sprechen.

»Das warst du im Rettungsboot … in jener Nacht … Du hast mich gerettet …«

»Ja.«

Ich fiel auf die Knie und gestand alles.

»Ich habe die Bombe auf die Jacht geschafft, Alice … Ich war's. Nicht Dobby. Ich habe den Plan gefasst, sie in die Luft zu sprengen. Es war meine Schuld.«

Die Worte sprudelten müheloser aus mir hervor, als ich es mir hätte vorstellen können – vergleichbar einem losen Zahn, der sich unter Schmerzen stundenlang festklammert und dann plötzlich auf die Zunge gleitet.

»Ich war wütend. Ich glaubte, Jason Lambert sei mein Vater. Ich dachte, er hätte meiner Mutter – und mir selbst – unverzeihliches Leid zugefügt. Das sollte er nun büßen.

Ich hatte meine Frau verloren, die einzige Person, die mir etwas bedeutete. Ich konnte mir ihre medizinischen Behandlungen nicht leisten. Sie kosteten zu viel Geld – Geld, das ich nie hatte, andere aber schon. Ich machte mir Vorwürfe. Die ganze Welt schien so ungerecht. Ich wollte Rache üben für all das Leid, das mir widerfahren war. Jason Lambert sollte genauso viel verlieren, wie ich verloren hatte.«

»Sein Leben«, sagte Alice.

»Ja.«

»Die Entscheidung, es ihm zu nehmen, lag nicht bei dir.«

»Das weiß ich jetzt«, bekannte ich und senkte den Blick. »Aber …« Ich zögerte. »Deshalb habe ich *meinen Plan niemals ausgeführt*. Ich habe diese Mine nicht zur Explosion gebracht. Ich habe sie versteckt. Bitte glaub mir. Jemand anders muss sie gesprengt haben. Ich kann es nicht erklären. Dieses Unglück quält mich ununterbrochen, seit es geschehen ist. Es tut mir leid. Ich bedaure es zutiefst. Ich bin schuld, ich weiß ...«

Ich brach in Tränen aus. Alice berührte sanft meinen Kopf und stand auf.

»Erinnerst du dich, was du in jener Nacht auf der *Galaxy* als Letztes gemacht hast?«

Ich schloss die Augen, versetzte mich innerlich zurück in die letzten Sekunden auf Deck. Der Regen hämmerte herab, meine Ellbogen ruhten auf der Reling, mein Kopf war gesenkt, und ich starrte auf die dunklen Wellen. Es war ein schrecklicher Moment. Ich dachte daran, dass ich dich im Stich gelassen hatte, Annabelle, an die grauenvolle Tat, die ich in meinem Kummer zu begehen bereit gewesen war, und daran, was für ein erbärmlicher, hohler Mensch aus mir geworden war.

»Benjamin?«, hakte Alice nach. »Was hast du zuletzt gemacht?«

Langsam öffneten sich meine Augen, als würden sie aus einer Trance erwachen. Während mir Tränen über die Wangen liefen, gestand ich schließlich die Wahrheit, flüsterte jene Worte, die ich die ganze Zeit verheimlicht hatte – vor dir, vor Alice, vor mir selbst.

»Ich bin gesprungen.«

~

Eine halbe Ewigkeit schien vergangen zu sein, ehe ich meine Sprache wiederfand. Alice hatte die Hände unter ihrem Kinn verschränkt.

»Ich wollte nicht mehr leben«, murmelte ich.

»Ich weiß. Ich hab dich gehört.«

»Wie denn? Ich hab nie etwas gesagt.«

»Verzweiflung hat ihre eigene Stimme. Sie ist ein Gebet wie kein anderes.«

Ich blickte zu Boden, beschämt über mich selbst. »Es spielt keine Rolle. Die *Galaxy* ist jedenfalls in die Luft geflogen. Ich sah Rauch aus dem Maschinenraum aufsteigen und sie dann untergehen. Damit hab ich nichts zu tun. Trotzdem war es meine Schuld.«

Alice bewegte sich zum Heck. Ohne das geringste Zögern trat sie auf den röhrenförmigen Bootsrand. Danach wandte sie sich wieder mir zu.

»Kopf hoch, Benjamin. Du warst nicht dafür verantwortlich.«

Langsam hob ich die Augen.

»Moment ... Was meinst du?«

»Die Mine ist nicht explodiert.«

»Ich verstehe nicht. Wie ist das Schiff dann zerstört worden?«

Sie richtete den Blick hinab in die Tiefen des Meeres. Plötzlich durchbrachen drei massige Wale die Oberfläche, dunkelgraue monumentale Körper mit Flossen, ausgebreitet wie die Tragflächen eines Flugzeugs – zweifellos die größten Kreaturen, die ich auf dieser Erde je zu Gesicht bekommen hatte. Als sie auf das Wasser aufschlugen, schwebte der dadurch entstandene Sprühnebel durch die Luft und bedeckte uns mit Salzwasser.

»*Sie* haben es getan«, sagte Alice.

~

Kurz darauf begann der Himmel zu glühen. Der Wind flaute ab. Irgendwie ahnte ich, dass unsere gemeinsame Zeit vorüber war.

»Alice …« Ich stockte. »Was mache ich jetzt?«

»Vergib dir selbst«, erwiderte sie. »Nutze dann die dir zuteilgewordene Gnade, um meinen Geist zu verbreiten.«

»Aber wie gelingt mir das?«

»Überlebe diese Reise. Und finde, sobald du das geschafft hast, eine andere verzweifelte Seele. Steh ihr bei.«

Sie drehte sich auf dem Bootsrand um die eigene Achse, ohne je ihre kleinen Füße zu heben. Dann kreuzte sie die Arme vor dem Oberkörper.

»Warte«, sagte ich mit zugeschnürter Kehle. »Verlass mich nicht.«

Sie lächelte, als hätte ich etwas Lustiges gesagt. »Ich kann dich nie verlassen.«

Bei diesen Worten brach ich vollkommen zusammen, und meine Handflächen schlugen auf den feuchten Boden auf. Ich war erfüllt von absolutem Gehorsam. Alice betrachtete mich ein letztes Mal und trug die Worte vor, die du, Annabelle, so oft ausgesprochen hattest.

»Wir alle müssen uns an etwas festhalten, Benji. Halte dich an mir fest.«

Sie fiel vom Boot ohne klatschendes Geräusch. Mühsam kroch ich zum Rand – und sah nichts als blaues Wasser.

Nachrichten

MODERATOR: *Heute Abend beginnen wir unsere Sendung mit einigen aufsehenerregenden Entdeckungen in der mysteriösen Saga der Jacht* Galaxy, *die vor über einem Jahr untergegangen ist. Vom Inselstaat Kap Verde ist uns Tyler Brewer zugeschaltet.*

REPORTER: *Danke, Jim. Letzte Woche ist die Robotersonde von der* Iliad *zum Wrack der* Galaxy *zurückgekehrt und hat diesmal eine noch kleinere Roboterkamera etwa in der Größe eines Toasters freigesetzt. Dieses Gerät konnte dann durch den geborstenen Rumpf in die gesunkene Jacht vordringen und scharfe Bilder aus dem Innern nach oben senden.*

MODERATOR: *Und diese Ergebnisse wurden heute veröffentlicht?*

REPORTER: *Ja. Vorläufigen Berichten zufolge haben »mehrere heftige Stöße gegen die Bordwand der Jacht« drei ziemlich große Löcher hineingerissen. Eines davon befand sich in Höhe des Maschinen-*

raums, was wahrscheinlich dazu führte, dass er überflutet und eine Explosion ausgelöst wurde, die den Untergang des Schiffes noch beschleunigte. Man schloss Missiles als etwaige Ursache aus, da die Löcher im Rumpf nicht mit derartigen Einschlägen übereinstimmen. Ein Wissenschaftler vertrat die These, dass Wale, eventuell verwirrt durch die laute Musik an Bord, den Aufprall verschuldet haben könnten, weil sie bekannt dafür sind, aus derlei Gründen gelegentlich Schiffe anzugreifen. Außerdem war die Unterseite der Jacht rot lackiert – eine Farbe, die solch gewaltige Lebewesen durchaus anlocken kann.

MODERATOR: *Was ist mit den Passagieren – oder, um die Seemannssprache zu benutzen –, den »Seelen« auf dem Schiff? Was können Sie uns dazu mitteilen?*

REPORTER: *Nun, wie Sie sich vielleicht erinnern, Jim, hat unser eigenes Filmmaterial von jener Nacht gezeigt, dass die meisten Gäste wegen des Regensturms in einem kleinen Ballsaal auf dem zweiten Deck waren und der Band* Fashion X *zuhörten, als sich die Explosion ereignete. Anhand der Bilder, die von der Sonde stammen, sind viele von ihnen offenbar in diesem Ballsaal umgekommen, wo man ihre sterblichen Überreste sehen und zählen kann. Natürlich sind alle tatsächlichen Passagierlisten der* Galaxy *verloren gegangen, und da ständig Personen in Hubschraubern hin und her befördert wurden, ist eine endgültige Berechnung der Opferzahlen unmöglich. Aber ein Sprecher von* Sextant Capital *versicherte uns:*

»Die Zahl der identifizierten Überreste entspricht annähernd der Gesamtzahl der Menschen, die sich nach unserer Einschätzung an Bord befunden haben.«

MODERATOR: *Insofern ist es unwahrscheinlich, dass irgendjemand fliehen oder überleben konnte?*

REPORTER: *So sieht es aus.*

EPILOG

Land

LeFleur und Dobby saßen im Jeep, der vor der kleinen Abflughalle des Flughafens von Montserrat geparkt war. Ein blauweißer Propjet setzte gerade auf der einzigen Landebahn auf.

»Das war's dann wohl«, sagte Dobby und streckte die Hand nach dem Türgriff aus.

»Warten Sie«, erwiderte LeFleur. »Ich denke, Sie sollten das haben.«

Er öffnete das Handschuhfach und nahm eine Plastiktüte heraus. Sie enthielt das Originalnotizbuch, in das die zusätzlichen Seiten gefaltet eingeschoben waren. Er übergab sie Dobby.

»Sind Sie sicher?«, fragte Dobby.

»Er gehörte zu Ihrer Familie.«

Dobby untersuchte die Tüte. Seine Augen verengten sich. »Das kann mich nicht in Schwierigkeiten bringen, oder?«

»Es existiert gar nicht«, versicherte LeFleur. »Jedenfalls waren Sie nie auf dem Schiff. Und keine Mine hat es versenkt. Tatsächlich war niemand schuld.«

»Höhere Gewalt, nicht wahr?«

»Nehme ich an.«

Dobby kratzte sich am Kopf. »Benji war echt durcheinander. Trotzdem war er wie mein Bruder. Ich vermisse ihn sehr.« Er hielt inne. »Wie ist er Ihrer Meinung nach gestorben?«

»Schwer zu sagen. Ein Sturm? Eine weitere Haiattacke? Vielleicht hat er am Ende einfach aufgegeben. Es ist praktisch unmöglich, so lange allein zu überleben.«

Dobby öffnete die Wagentür. »Übrigens, Sie haben mich nie zu der Stelle geführt, wo dieses Rettungsboot entdeckt wurde.«

»Es ist bloß ein Strand. Nicht weit von hier. Marguerita Bay.«

»Vielleicht beim nächsten Besuch«, scherzte Dobby.

»Genau.«

LeFleur studierte Dobbys Gesicht, die Krähenfüße um die Augen, das strähnige Haar, den blassen Teint. Erneut trug er die schwarzen Jeans mitsamt den Stiefeln, bereit, in sein Leben zurückzukehren.

»Hören Sie, ich entschuldige mich für die Unannehmlichkeiten, die ich Ihnen anfangs zugemutet habe«, erklärte LeFleur. »Ich dachte nur … Sie verstehen schon.«

Dobby nickte zögerlich. »Wir beide trauern um einen Menschen, den wir verloren haben, Inspektor.«

»Jarty.«

»Jarty«, wiederholte Dobby lächelnd. Er stieg aus, tat einen Schritt, drehte sich dann um. »Da wir gerade über Namen sprechen – ich glaube, er lautet Rum Rosh.«

»Wie bitte?«

»Rum Rosh. Der Name steht in den Psalmen, altes Hebräisch, und bedeutet: ›Gott hob meinen Kopf‹. Ich habe ihn als Kind gelernt. Ein Priester brachte ihn mir bei. Die Iren und ihre Kirchen, Sie wissen ja.«

LeFleur starrte ihn an. »Was soll das heißen?«

»Wer immer dieses Rettungsboot fand, hat sich wohl über Sie lustig gemacht, Jarty.«

Er warf die Reisetasche über seine Schulter und verschwand in der Abflughalle.

~

LeFleur schlug die Richtung zu seinem Büro ein und dachte über Dobbys Äußerungen nach. Er erinnerte sich an die erste Begegnung mit Rom und ihre gemeinsame Fahrt nach Marguerita Bay. Rom hatte ihn das Rettungsboot selbst untersuchen lassen. Jedes Mal, wenn LeFleur zu ihm spähte, schaute er weg, stierte auf die Hügel, als hätte er diesen Ort noch nie zu Gesicht bekommen.

Doch er kannte ihn bereits gut. Wie wäre er sonst in der Lage gewesen, den Schauplatz genau zu beschreiben? Und Marguerita Bay war nicht leicht zugänglich;

man musste am Aussichtspunkt parken und den Weg hinunterwandern. Oft hielten sich Teenager dort auf, rauchten und tranken, weil sie sich mühelos verstecken konnten, wenn sie jemanden kommen sahen …

LeFleur trat auf die Bremse, riss das Steuer herum und wendete den Jeep.

Zwanzig Minuten später eilte er jenen Weg zum Wasser hinunter. Unten am Strand zog er die Schuhe aus und stapfte durch den feuchten Sand. Der Himmel war wolkenlos, und das Meer wogte türkisblau. Als er um eine hohe Felsformation bog, erblickte er eine hagere, bärtige Gestalt in der Ferne, sitzend auf die Handflächen gestützt, während kleine Wellen sich brachen und die Beine umspülten, um wieder zurückzuschwappen.

LeFleur näherte sich bis auf wenige Meter, ehe der Mann den Kopf drehte.

»Rom?«

»Hallo, Inspektor.«

»Eine Menge Leute haben nach Ihnen gesucht.«

Der Mann schwieg. LeFleur hockte sich neben ihn.

»Wie lange sind Sie schon auf dieser Insel? In Wirklichkeit?«

»Eine kleine Weile.«

»Und das Rettungsboot hatte sich hier befunden, lange bevor Sie zur Polizeistation kamen.«

»Das ist richtig.«

»Sie wussten von Anfang an, dass ich dieses Notizbuch finden würde, oder? Sie hatten es bereits gelesen.«

»Ja.«

»Außerdem haben Sie mir die letzten Seiten in dem Umschlag hinterlassen.«

»Stimmt.«

LeFleur schürzte die Lippen. »Warum?«

»Ich dachte, sie könnten Ihnen nützlich sein.« Rom wandte sich ihm zu. »War dem so?«

»Gewiss«, seufzte LeFleur. »Eigentlich schon.« Er hielt inne und beobachtete Roms Mimik. »Aber wie haben Sie gewusst, dass ich Unterstützung brauchte?«

»Durch unsere erste Begegnung. Das Foto von Ihrer Familie. Ihre Frau. Ihre kleine Tochter. Ich sah den Schmerz in Ihren Augen. Ich wusste, dass Sie jemanden auf diesem Bild verloren haben mussten.«

LeFleur ächzte. Rom zog mit seinen Fingern Spuren durch den Sand.

»Konnten Sie die Geschichte, die Sie gelesen haben, glauben, Inspektor?«

»Teilweise.«

»Welchen Teil?«

»Nun, ich glaube, dass Benji im Rettungsboot war.«

»Nur er?«

LeFleur überlegte. »Nein. Nicht nur er.«

Rom grub die Finger tiefer in den Sand, brachte

einen winzigen Krebs zum Vorschein und hielt ihn hoch. »Wussten Sie, dass ein Krebs dreißigmal aus seiner Schale ausbricht, bevor er stirbt?« Er blickte hinaus aufs Meer. »Diese Welt kann ein schwieriger Ort sein, Inspektor. Manchmal muss man die Person, die man war, abstreifen, um als die Person zu leben, die man ist.«

»Haben Sie deshalb Ihren Namen geändert?«, fragte LeFleur. »Rum Rosh? ›Gott hob meinen Kopf‹?«

Der Mann lächelte, schaute aber nie in seine Richtung. LeFleur spürte die heiße Sonne im Nacken. Er starrte auf den leeren blauen Horizont. Die Entfernung von Kap Verde bis zu diesem Strand betrug mehrere Tausend Meilen.

»Wie haben Sie's geschafft, Benji? Wie haben Sie den ganzen weiten Weg allein überlebt?«

»Ich war nie allein«, antwortete der Mann.

~

Mit der Zeit kehrte auf Montserrat wieder Ruhe ein. Die Journalisten reisten nacheinander ab. Das Rettungsboot wurde zu einem Labor nach Boston verschifft. Leonard Sprague, der Polizeipräsident, war enttäuscht darüber, dass die mediale Aufmerksamkeit zwar weithin Neugier weckte, nicht aber den Tourismus auf der Insel förderte.

Der Fernsehreporter Tyler Brewer gewann einen

Preis für seine umfangreiche Berichterstattung über die *Galaxy* und wandte sich dann anderen Themen zu. Die für die Jacht zuständige Versicherungsgesellschaft wurde verpflichtet, hohe Entschädigungssummen zu zahlen, nachdem Experten zu dem Schluss gekommen waren, dass nicht Fahrlässigkeit zum Untergang führte, sondern ein Angriff durch Säugetiere, die Löcher in den anfälligen Rumpf gerissen und dadurch eine verhängnisvolle Explosion im Maschinenraum ausgelöst hatten.

Die Familien der auf See Verschollenen wussten nun um die letzte Ruhestätte ihrer Lieben und konnten in gewisser Weise Abschied von ihnen nehmen. In den darauffolgenden Wochen empfingen einige von ihnen ungewöhnliche Botschaften. Alexander Campbell, der jüngste Sohn von Nevin Campbell, erhielt einen nicht unterschriebenen Brief, in dem es hieß, dass sein Vater zutiefst bedaure, nicht mehr Zeit mit ihm verbracht zu haben. Dev Bhatt, der Ehemann von Mrs Latha Laghari, bekam einen Umschlag, der zwei Ohrringe enthielt.

Sechs Monate später suchten Jarty LeFleur und seine Frau einen Arzt auf und erfuhren, dass Patrice schwanger war. »Ist das Ihr Ernst?«, fragte sie ungläubig, brach in Tränen aus und zog ihren Mann an sich, dem vor freudigem Staunen der Mund offen stand.

Und bald danach fuhr ein Mietwagen zum Aussichtspunkt oberhalb von Marguerita Bay. Ein Mann in schwarzen Jeans und Stiefeln stieg aus und ging zum Strand hinunter, ein zerfleddertes Notizbuch in der Hand. Als er einen hageren Mann auf sich zukommen sah, begannen beide zu rennen, riefen des anderen Namen, bis sie sich zum lang ersehnten Wiedersehen in die Arme fielen.

Am Ende bleiben das Meer und das Land und die Nachrichten, die zwischen ihnen kursieren. Um diese Nachrichten zu verbreiten, erzählen wir uns Geschichten. Manchmal handeln sie vom Überleben. Und bisweilen sind sie, wie die Gegenwart des Herrn, kaum zu glauben. Es sei denn, der Glaube lässt sie wahr werden.

Mein Dank

Zuerst möchte ich Ihnen, geliebte Leser, danken, dass Sie sich die Zeit nehmen für meine Geschichten. Möge der Fremde in Ihrem Rettungsboot Sie immer führen, beflügeln und über Ihnen leuchten.

Obwohl es sich hier um einen Roman handelt, war ich angewiesen auf praktische Erfahrung und Hilfe, um die Szenen auf dem Meer so authentisch wie möglich zu gestalten. Daher danke ich Jo-Ann Barnas für ihre hervorragenden Recherchen und – durch ihre Vermittlung – Mark Pillsbury, Herausgeber des *Cruising World Magazine*, sowie A. J. Barnas, Einsatzleiter bei Operationen auf See.

Mein besonderer Dank geht an (den echten) Ali Nesser für seine Fachkenntnisse, was die Bergung von Schiffswracks betrifft, und seine scharfsinnige Lektüre des Manuskripts. Darüber hinaus gilt meine Anerkennung den zahlreichen inspirierenden, von Glauben erfüllten Menschen, die meine Ansichten über das Thema beeinflusst haben, auch wenn sie am vorliegenden Buch nicht unmittelbar beteiligt waren – unter anderen Albert Lewis, Henry Covington, David Wolpe, Steve Lindemann und Yonel Ismael.

Ich werde begleitet von einem Team, das mir bei der Arbeit Beistand leistet und den Freiraum ermöglicht, in dem ich Abstand gewinnen und imaginäre Rettungsboote ersinnen kann. Für diese Wohltaten möchte ich sämtlichen Mitgliedern meine Wertschätzung und Dankbarkeit erweisen: Rosey, Mendel, Kerri, Vince, Rick und Trish.

Wie immer danke ich meiner Lektorin, der wunderbaren Karen Rinaldi, die von der Idee zu diesem Buch sofort begeistert war (lange bevor sie wusste, was es mit dem Fremden auf sich hat), außerdem meinem Freund und langjährigen Agenten David Black, der mir das Gefühl gibt, dass jedes Buch, das ich schreibe, ein besonderes ist.

Die gleiche Wertschätzung bringe ich all jenen Personen im Verlag HarperCollins entgegen, die meine Arbeit in jeder erdenklichen Weise unterstützen: Jonathan Burnham, Doug Jones, Leah Wasielewski, Tom Hopke, Haley Swanson, Rebecca Holland, Viviana Moreno und Leslie Cohen, die sich intensiv darum kümmert, dass die Welt von meinen Büchern erfährt. Darüber hinaus Milan Božić, der nach einer Reihe erinnerungswürdiger Umschlagillustrationen hier nun eine weitere entworfen hat.

Dank an all die guten Menschen bei meiner Agentur Black Inc., einschließlich Ayla Zuraw-Friedland, Rachel Ludwig und der unnachahmlichen Susan Raihofer, die meine Geschichten in die Welt trägt und mir nach ihrer Rückkehr erzählt, wie die Welt darüber befindet.

Darüber hinaus geht ein besonderer Dank an Antonella Iannarino, die meine Verbindung zum digitalen Universum aufrechterhält, sowie an Ashley Sandberg, die neue Wege entdeckt, meine Geschichten mit Leserkreisen allerorts zu teilen.

Die ersten Leser dieses Buches waren Teenager im *Have Faith Haiti Orphanage* in Port-au-Prince, denen ich für ihre bemerkenswerten Beiträge danke und deren unermüdlichen Glauben ich jeden Tag bewundere.

Da man zum großen Teil dank seiner Familie zu dem Menschen wird, der man nun ist, möchte ich zugleich meinen Eltern Ira und Rhoda Albom danken, auch wenn dies leider der erste Roman ist, den weder sie noch er auf Erden lesen kann; meiner Schwester Cara, meinem Bruder Peter, meinen zahlreichen anderen Brüdern und Schwägerinnen, meinen geliebten Nichten und Neffen, Cousinen und Cousins sowie meinen Schwiegereltern Tony und Maureen.

Schließlich erscheint am Ende aller Geschichten die Person, die man liebt, und am Ende der meinen steht wie immer Janine.

»Ein Buch mit der einzigartigen Kraft von Rührung und Trost zugleich.«

NEW YORK TIMES

Annie und ihre Jugendliebe Paulo wollen ihre Hochzeitsreise mit einem romantischen Ballonflug krönen. Doch der Ballon stürzt ab …
Annie erwacht im Himmel wieder und sucht nach Paulo, von dem sie nicht weiß, ob er überlebt hat. Nacheinander trifft sie dort auf Menschen, die ihr seltsam bekannt und sogar vertraut vorkommen. Doch erst durch ihre Geschichten erfährt Annie, was für eine wichtige Rolle jeder Einzelne von ihnen in ihrem Leben gespielt hat – und wie wenig ihr das bewusst war.

Mitch Albom
Wer im Himmel auf dich wartet
Roman

Aus dem Amerikanischen von Jochen Winter
Taschenbuch
Auch als E-Book erhältlich
www.ullstein.de

ullstein

»Effektvoll, gefühlvoll und ohne Scheu vor Pathos.«

Brigitte

An seinem 83. Geburtstag kommt Eddie bei einem Unfall ums Leben. Es scheint das tragische Ende eines bedeutungslosen Daseins. Doch im Jenseits begegnet er fünf Menschen, die in seinem Leben eine entscheidende Rolle gespielt haben. Ihre Erzählungen offenbaren Zusammenhänge in seinem Schicksal, die ihm verborgen waren und lehren ihn, wie wertvoll jedes einzelne Menschenleben ist.

Mitch Albom

Die fünf Menschen, die dir im Himmel begegnen

Roman

Taschenbuch

Auch als E-Book erhältlich

www.ullstein.de

ullstein